EX LIBRIS

Aus der Bibliothek von

Julie!

Die drei !!!

Die drei !!!

Kari Erlhoff

Die drei !!!

Ein echt schöner Fall

Kosmos

Umschlagillustration von Ina Biber, Gilching
Umschlaggestaltung von Friedhelm Steinen-Broo, eSTUDIO CALAMAR

Weitere Bände dieser Reihe siehe S. 144

MIX
Papier aus verantwortungsvollen Quellen
FSC® C014496
FSC
www.fsc.org

Gedruckt auf chlorfrei gebleichtem Papier

ISBN 978-3-440-16514-0
Redaktion: Franziska Kunze
Lektorat: Claudia Müller
Produktion: DOPPELPUNKT, Stuttgart
Druck und Bindung: GGP Media GmbH, Pößneck
Printed in Germany / Imprimé en Allemagne

Die drei !!!

Ein echt schöner Fall

Wie verzaubert

»Das ist ja wie im Märchen!« Marie Grevenbroich blieb beeindruckt stehen. Goldene Lichtpunkte tanzten auf dem See. Elfen reckten ihre Arme. Bunte Zaubervögel stiegen in die Luft. Die Blätter der Pappeln und Birken am Ufer raschelten. Es klang, als würden sie applaudieren. Dahinter rauschte der dunkle Wald aus Fichten, Kiefern und uralten Laubbäumen. »Das ist …«, setzte Marie an, doch weiter kam sie nicht.

»Vorsicht!«, hörte sie die Stimme von Franzi.

Jemand packte sie und riss sie zurück. Da stürzte auch schon ein Stapel aus Kartons hinab – genau auf die Stelle, wo sie eben noch gestanden hatte.

»Das war knapp«, zischte Kim.

Ein Junge beugte sich vor und blickte Marie direkt ins Gesicht. »Ich dachte, du gehst zur Seite! Hast du geträumt?«

»Ich fürchte, ja.« Marie brachte ein mattes Lächeln zustande. Der Junge lächelte zurück. Er sah umwerfend aus. Blonde Strähnen fielen ihm in das schmale Gesicht. Seine Haut war von der Sommersonne tief gebräunt und seine Augen waren so grün wie der See. Der Junge gefiel Marie, aber richtiges Bauchkribbeln bekam sie nicht. Schließlich lief es mit Holger gerade perfekt. Allein wenn sie an ihn dachte, war sie glücklich. Sie hatte den besten Freund der Welt.

Der gut aussehende Junge deutete ihren Blick anscheinend falsch. Er zwinkerte ihr zu. Eindeutig ein Flirtversuch. Seine Kartons hatte er komplett vergessen. Dabei war einer von ihnen sogar aufgeplatzt. Jetzt deutete er auf das gelbe Armband an Maries Handgelenk. Darauf stand in schwarzen Buchstaben *Festival-Crew*. »Bist du eine von den Akrobatinnen oder eine Sängerin?«

»Weder noch«, erklärte Marie. »Ich bin Schauspielerin. Bei dem Theaterstück ist eine Rolle frei geworden und ich springe ein.«

»Wir nicht«, mischte sich Franzi ein. Sie hob die aufgeplatzte Kiste hoch. Ein Banner aus Stoff hing heraus. »So wie es aussieht, hilfst du hier beim Festival aus.«

»Ich bin Musiker.« Der Junge straffte die Schultern. »Meine Band tritt hier auf. Wir sind ziemlich erfolgreich. Aber nebenbei packe ich ein bisschen mit an. Mein Vater organisiert das alles hier.«

»Schön, dass du dich heute noch blicken lässt!« Eine Frau von der Festival-Crew trat auf den Jungen zu. »Hast du die Flaggen dabei?«

»Die erste Fuhre. Mein Bruder hat mich gerade hergebracht.«

»Und wo sind deine Band-Kollegen? Die wollten doch auch helfen?«

»Ihr Bus hat Verspätung.«

Die Frau seufzte und stapfte wortlos davon.

»Sorry«, meinte der Junge. »Wir haben alle einen straffen Zeitplan. Für all die unterschiedlichen Proben muss total viel aufgebaut werden.«

»Kein Problem«, sagte Marie. »Aber vielleicht kannst du uns noch kurz sagen, wo die Uferbühne ist.«

»Aber gerne doch.« Der Junge lächelte Marie noch immer an, als wäre sie ein Hauptpreis, den er soeben gewonnen hatte.

»Ihr geht erst dort am *Beach Club* und den Holzbuden vorbei und biegt dann vor der Liegewiese rechts ab.«
»Danke.« Marie setzte sich in Bewegung. »Wir müssen dann auch los.«
»Wir sehen uns hier bestimmt öfter!«, rief ihr der Junge hinterher. »Ich bin Fabian, von *FDH*! Der coolsten Band unter der Sonne!«
»Hoffentlich nicht«, murmelte Franzi im Gehen. Sie unterdrückte ein Kichern. Als sie außer Hörweite waren, prustete sie los. »Was für ein Angeber. Ich glaube, der ist der Vorsitzende in seinem eigenen Fanclub.«
»So schlimm war er nun auch wieder nicht.« Marie schaute sich im Gehen um. Das Gelände am Badesee war kaum wiederzuerkennen. Rund um die Wiese und den halben See war ein hoher Zaun errichtet worden, der bis zum Wasser reichte. Wo sonst Leute auf Handtüchern in der Sonne lagen, standen nun bunte Buden aus Holz und Zelte aus hellem Leinen. Am Ufer hatten die Veranstalter weißen Sand aufgeschüttet und auf dem See trieb eine schwimmende Bühne in der Form eines riesigen Seerosenblattes. Die Akrobaten in Elfenkostümen übten dort noch immer ihren Tanz. Obwohl sich alles noch mitten im Aufbau befand, sah es jetzt schon großartig aus. Außerdem war das Wetter geradezu perfekt für ein Spätsommer-Festival. Der August verabschiedete sich mit warmen Temperaturen und einem wolkenlosen Himmel.
Marie musste bei dem Anblick wieder an die Karte denken, die sie am Morgen gezogen hatte. Sie begann den Tag gerne mit einem kleinen Orakel. Heute hatte sie dafür ihr Lenormand-Deck aus dem Schrank geholt. Die Wahrsagekarten

hatten ihr eine düstere Prognose beschert: »Die Wolken«. Diese Karte war ein Vorbote für Unheil. Sie kündigte Sorgen und Krisen an. Bislang war der Tag jedoch ausgesprochen schön gewesen. Marie fühlte sich leicht ums Herz. Es war dieses unbeschreibliche Sommerferiengefühl, das einen beinahe schweben ließ.

Die drei !!! hatten die schulfreien Wochen gut genutzt. Sie waren mit ihren Freunden im Schwimmbad gewesen, hatten im Obstgarten der Winklers übernachtet, Ausflüge gemacht und nicht zuletzt sogar einen aufregenden Kriminalfall in Österreich gelöst. Es gab nur eine Sache, die einen dunklen Schatten auf den Sommer warf: Franzis Freund Blake hatte sein Auslandsjahr in Amerika begonnen. Ein Jahr lang würde er in Kalifornien leben. Der Abschied war für Blake und Franzi unfassbar schwer gewesen. Seitdem schien ein Teil von Franzi zu fehlen. So, als wäre ihr Herz einfach mit in den Flieger gestiegen. Wenn Marie und Kim mit ihr darüber reden wollten, blockte sie jedoch ab. Während Marie noch darüber nachdachte, erreichten sie einen dichten Schilfgürtel. Dahinter befand sich eine Bühne, die wie ein breiter Steg auf Stelzen gebaut war. Der vordere Teil stand auf dem Strand, der hintere ragte in den See hinein. Mehrere Jugendliche hatten sich vor der Bühne versammelt und redeten munter durcheinander.

»Wie heißen die jetzt noch mal?«, flüsterte Franzi ihren Freundinnen zu.

Kim zog eine Augenbraue hoch. »Marie hat uns doch die Broschüre gegeben. Hast du die nicht gelesen?«

Franzi sah zerknirscht aus. Sie fasste an die Kette, an der sie den kaputten Freundschaftsring von Blake trug. »Ich habe gestern die halbe Nacht mit Blake gechattet. Wegen der Zeitverschiebung geht das nicht anders. Und heute Morgen war ich dann so schrecklich müde. Tut mir leid.«

Marie verzog den Mund. »Wir hätten das auch auf der Hinfahrt klären können.«

»Schon gut«, sagte Kim verständnisvoll. »Im Schnelldurchlauf: Das Theaterstück wird von der Initiative *#echtschön!* inszeniert. Die haben auf dem Festival auch einen Stand und informieren über *Body-Shaming*.«

»Das ist, wenn jemand wegen einer krummen Nase oder einem dicken Bauch fertiggemacht wird, oder?«, sagte Franzi. »Also Terror, weil jemand irgendein Schönheitsideal nicht erfüllt.«

»Richtig.« Kim nickte ungeduldig. »Marie kennt eine Schauspielerin, die sich für die Initiative einsetzt und sogar mitspielt.«

Franzi winkte ab. »Das weiß ich sogar. Aber danke!«

»Marie!« In diesem Augenblick kam ihnen eine junge Frau entgegen. Im Gehen zog sie die Blicke der Menschen auf sich wie ein Magnet. Der Grund dafür war offensichtlich. Es lag an der perfekten Kombination aus ihrem hübschen Gesicht, den hüftlangen blonden Haaren und der Art, wie sie sich bewegte. Und sicherlich trug auch ihre Berühmtheit dazu bei. Dass sie keine Modelmaße hatte, machte ihren Auftritt nicht weniger spektakulär.

»Sie ist tatsächlich so schön wie im Fernsehen!«, flüsterte Franzi – anscheinend nicht leise genug.

Die junge Frau sah Franzi an und lächelte. »Danke.«

»Darf ich vorstellen?« Marie deutete auf ihre Freundinnen. »Franziska Winkler und Kim Jülich. Sie werden uns unterstützen. Egal ob Requisite oder Bühnenbild, die beiden sind zur Stelle und haben auch schon Erfahrung. Außerdem schreibt Kim einen ausführlichen Artikel für die Herbstausgabe ihrer Schülerzeitung.«

»Klasse!« Die junge Frau wollte sich ebenfalls vorstellen, aber Marie kam ihr zuvor.

»Das ist Michelle Heckenbusch! Sie ist seit zwei Jahren im Cast der Stammbesetzung der *Vorstadtklinik*. Ihr Großvater war auch ein berühmter Schauspieler und hat früher mit meinem Papa zusammengearbeitet. Er hat ihm total viel beigebracht. Und Michelle ist mindestens so begabt wie ihr Großvater.«

Kim lachte und wandte sich an Michelle. »Das wissen wir doch! Sie haben im Frühling den Fernsehpreis als beste Nachwuchsschauspielerin erhalten.«

»Ja, das stimmt. Auch, wenn ich es manchmal kaum glauben kann. Aber jetzt nutze ich meinen Erfolg für die Initiative *#echtschön!* und deren Theaterstück«, erklärte Michelle Heckenbusch. »Bevor ich im Fernsehen aufgetreten bin, war ich nämlich als Michelle, die fette Hecke, bekannt.«

Die Mädchen sahen sie ungläubig an. Die Schauspielerin zuckte mit den Achseln. »Ungelogen. So war es. Manche Mitschüler waren nicht unbedingt sensibel, wenn es um mein Gewicht ging. Ich könnte euch da ein paar Geschichten erzählen ... aber wir müssen gleich anfangen. Sobald die Regisseurin da ist, geht es los.«

Kim deutete auf ihre Kamera. »Darf ich während der Proben

auch Fotos von Ihnen machen? Sie sind für die Schülerzeitung.«

»Klar. Und bitte nennt mich Michelle. Hier beim Theater duzen wir uns alle.« Michelle sah auf ihre Armbanduhr. »Schon so spät! Ich hoffe, Amanda ist nichts passiert.«

»Amanda Berg ist eine berühmte Regisseurin«, erklärte Marie, während Michelle zum Handy griff und eine Nummer eintippte. »Ich kann es kaum erwarten, mit ihr zu arbeiten!« Marie träumte davon, später Schauspielerin zu werden, vielleicht auch Sängerin. Ihr Vater unterstützte ihre Träume – allerdings, ohne Marie zu sehr zu drängen. Dass sie mit Amanda Berg arbeiten würde, fand er großartig. Er hatte sich extra die Zeit genommen, mit Marie den Text zu proben.

»Sie geht nicht ans Telefon!« Michelle blickte ratlos auf das Handy. »So ein Ärger! Unsere Aufführung steht nicht gerade unter einem guten Stern. Krankheitsfälle, Verzögerungen, eine unfertige Bühne und jetzt auch noch das! Ohne Amanda können wir nicht anfangen! Es ist wie verflucht!«

Marie schluckte. Aberglaube gehörte in der Theaterwelt beinahe zum Alltag. Da kam es schon mal vor, dass erwachsene Schauspieler für einen guten Auftritt auf die Bühne spuckten oder Glücksbringer bei sich trugen. Außerdem brachte Pfeifen im Theater Unglück, genauso wie das Wort »Macbeth«, das man auf keinen Fall aussprechen durfte. Dabei handelte es sich um ein angeblich verfluchtes Theaterstück. Kim und Franzi waren nicht abergläubisch, aber Marie interessierte sich für übernatürliche Phänomene. Sofort musste sie wieder an die Karte denken. »Die Wolken«. Gab es doch noch ein Unheil? Sie würde Michelle besser nichts davon erzählen.

Sonst machte sich die Schauspielerin noch mehr Sorgen. Marie wusste, dass sie jeden Tag ihr Horoskop las und in ihrer Freizeit ein Glücksamulett trug.

Michelle Heckenbusch holte tief Luft und strich sich energisch die langen Haare aus der Stirn. »Hoffen wir, dass alles gut geht. Ich stelle euch jetzt das Team vor. Kommt!«

Gemeinsam mit Michelle traten die drei !!! zu den Jugendlichen, die schon bei der Bühne warteten. Marie schaute sich um. Zwei junge Frauen von der Initiative *#echtschön!* waren vor Ort. Die anderen, mehrere Mädchen und zwei Jungen, waren alle in Maries Alter. Ein kräftig gebautes Mädchen trug bereits ihr Kostüm: ein langes blaues Kleid und eine goldene Krone. Marie lächelte ihr zu, doch der Blick, den sie erntete, war vernichtend. Fast wäre Marie einen Schritt zurückgetreten. Damit hatte sie nicht gerechnet. Wenigstens lächelte der Junge daneben freundlich. Er hielt seine Krone in der Hand.

»Hallo, ich bin Luke!«

»Wie schön, wir haben eine neue Hexe«, sagte das Mädchen im Kostüm mit unverhüllter Ironie in der Stimme. »Und die Jungs kriegen sich vor Begeisterung nicht mehr ein.«

»Seehexe, wenn ich bitten darf«, antwortete Marie ungerührt. »So viel Zeit muss sein. Ich nehme an, du bist die Prinzessin, die ich verwandeln darf?«

»Sehr richtig.« Das Mädchen stand auf und verbeugte sich. »Ich bin Prinzessin Bellindra. Fett und hässlich und noch dazu unglücklich verliebt – in einen Prinzen, der meine Stimme liebt, aber nicht wissen darf, wie ich in Wirklichkeit aussehe. Und du, Barbie, bist die fiese Hexe, die daraus Profit schlägt.«

»Solveig!«, sagte Michelle streng.

»Das ist ja fast wie bei dem Märchen von der kleinen Meerjungfrau!«, rief Franzi.
Luke lachte. »Das *ist* die kleine Meerjungfrau. Nur etwas umgeschrieben. Jetzt ist es nämlich ein Stück gegen *Body-Shaming*. Meine Klasse hat damit den ersten Preis beim *#echtschön!*-Schreibwettbewerb gewonnen.«
»Endlich! Amanda ist da«, unterbrach Michelle das Gespräch.
Alle drehten sich in die Richtung, aus der nun ein atemloses »Hallo!« ertönte. Eine Frau kam mit eiligen Schritten näher. Sie war Mitte fünfzig und wog vermutlich weit über hundert Kilo. Marie wusste, dass einige Menschen Amanda Berg falsch einschätzten. Sie sahen nur das immense Übergewicht und zogen sofort falsche Schlüsse. Als Regisseurin wurde sie jedoch als Star gefeiert: witzig, klug, ein wahres Energiebündel und noch dazu ein Ausnahmetalent. Dass sie bei einem Theaterstück von Schülern mitmachte, lag nur daran, dass sie sich ebenfalls mit vollem Herzen für die Initiative *#echtschön!* einsetzte.
»Ist alles in Ordnung?«, fragte Michelle, als Amanda die Gruppe erreicht hatte.
»Ja«, meinte Amanda. »Ich habe mich nur so beeilt. Stell dir vor, der Gurt im Taxi war zu kurz. Das passiert mir in der letzten Zeit dauernd. Und ohne Gurt kein Transport. Ich musste den Bus nehmen.«
Solveig hatte sich neben Marie gestellt. »Guck nicht so betroffen, Barbie.«
Langsam drehte sich Marie um. »Entschuldige bitte. Ich habe leider nur diesen einen Gesichtsausdruck.«

Kurz darauf konnten sie endlich mit den Proben anfangen. Die Bühne war noch nicht ganz fertig, durfte aber schon genutzt werden. In der Mitte befand sich ein Ruderboot, das die Schüler mit Goldfarbe angemalt hatten. An der Seite stand ein Stuhl, der wie ein Thron aussah. Darauf nahm Michelle Platz. Sie war die Märchenerzählerin, die sich zwischen den Szenen ans Publikum wandte.
Marie entspannte sich mit jeder Minute, die sie auf der Bühne stand. Jetzt war sie endlich in ihrem Element. Die Rolle der bösen Seehexe war eine Herausforderung, aber sie machte auch Spaß. Noch dazu war der Ort einfach herrlich. Das Schilf raschelte leise im Sommerwind. Die Klänge einer Gitarre wehten über das Wasser zu ihnen herüber und jemand hatte einen Grill aufgestellt.
»Du wirst das schönste Mädchen auf Erden sein!«, verkündete sie. »Doch deine Kehle soll keinen Ton hervorbringen. Denn deine Stimme ist nun mein.« Sie sah Solveig durchdringend an.
Die senkte ihren Kopf. »Ich tue alles, um die Liebe meines Prinzen zu gewinnen!«
»Wunderbar!«, rief Amanda von ihrem Regiestuhl aus. »Die Verwandlung machen wir später, wenn wir die Requisiten dafür haben.«
Michelle blickte erneut auf die Uhr. »Die Rauchkapseln sind leider nass geworden, aber mein Agent ist zum Theaterbedarf gefahren. Er müsste längst zurück sein!«
»Kein Problem.« Amanda deutete auf Luke. »Wir wollten ja auch noch die Szene mit dem Prinzen und dem Boot proben. Die ziehen wir einfach vor.«

Die Schauspieler nahmen ihre Positionen ein. Zwei Helferinnen hielten ein langes blaues Tuch hoch. Das sollte das Wasser sein, in dem der Prinz beinahe ertrank. Luke setzte sich schwungvoll in Bewegung.
»Achtung, denk daran, dass …«, fing Michelle an, doch im selben Augenblick geriet Luke ins Rutschen.
Wie auf einer Eisbahn glitt er vorwärts. Er schrie auf, ruderte mit den Armen und stürzte von der Bühne in den See.

Ein übler Scherz?

Marie und Solveig kamen beide gleichzeitig bei Luke an.
»Gib mir deine Hand!«, forderte Solveig ihn auf.
Luke spuckte Wasser. Er wirkte benommen, aber der See war an dieser Stelle nicht tief. Luke würde nicht ertrinken. Dafür ragten hier in Ufernähe mehrere Steine aus dem Wasser. Der Sturz war sicherlich schmerzhaft gewesen. Marie tat ihr Bestes, um Solveig bei der Rettungsaktion zu unterstützen. »Wir ziehen dich raus!«
Endlich packte Luke die Hände, die ihm entgegengestreckt wurden. Mit einem Ruck landete er wieder auf den Bühnenbrettern.
»Wie konnte das passieren?«, keuchte Solveig.
Franzi und Kim waren inzwischen auch auf die Bühne geklettert.
»Ich glaube, ich habe die Ursache gefunden.« Kim kniete sich neben einen weißen Haufen, der auf dem Holz lag. Er war zertreten und hinterließ eine glänzende Spur.
»Was ist das?« Franzi bückte sich. »Das sieht ja widerlich aus!«
»Ich würde sagen, das ist Bratenfett. Gehört das auch zu den Requisiten?«, fragte Kim.
»Nein«, antwortete Luke. Er hatte die Arme um den Körper geschlungen. Wasser tropfte aus seinen Haaren und seiner Kleidung. »Das gehört nicht zu uns.«
»Hast du es denn nicht gesehen?«, wollte Franzi wissen.
Luke lächelte verlegen. »Ich bin kurzsichtig. Ziemlich stark

sogar. Und ich komme mit Kontaktlinsen nicht zurecht. Aber als Prinz kann ich schlecht eine Brille tragen.«

»Warum denn nicht? Du solltest sie aufsetzen. So wie bei den anderen Proben auch«, empfahl Solveig. »Hast du dich verletzt?«

»Mein Knie«, stöhnte Luke. »Ich habe es an einem Stein aufgeschlagen.«

»Leute, wir ziehen die Pause vor!«, rief Amanda.

Luke setzte sich an den Bühnenrand und krempelte die Hose hoch. Solveig stellte ihren Rucksack neben Luke ab. Marie betrachtete das grün gemusterte Outdoor-Modell mit einer hochgezogenen Augenbraue. Solveig hatte mit schwarzem Marker wütende Songtexte auf den Rucksack gekritzelt. Das ergab einen seltsamen Kontrast zu dem Plüsch-Herz, das am Reißverschluss baumelte.

»Zieh Leine, Barbie. Ich habe Pflaster dabei.« Solveig schob Marie unsanft zur Seite und kniete sich vor Luke. Marie verzichtete auf einen Kommentar und lief lieber zu ihren Freundinnen.

Kim hatte in der Zwischenzeit Fotos von dem Fetthaufen gemacht und war nun dabei, ihn in eine Plastiktüte zu packen. »Wer legt bitte schön Fett auf eine Bühne?«

»Künstler?«, vermutete Marie und grinste.

»Für mich wirkt das wie ein übler Scherz«, sagte Franzi. »Jemand will sich über die Schauspieler oder die Initiative lustig machen.«

Marie seufzte. »Das wäre ein ziemlich geschmackloser Scherz.«

»Es könnte aber auch Sabotage sein.« Kim machte einen

Knoten in die Tüte. »Jemand hat das Fett so positioniert, dass es kaum weiter auffällt. Und zwar ganz nah am Bühnenrand. Das Geländer ist noch nicht aufgebaut. Die Chancen standen gut, dass jemand ausrutschen und in den See fallen würde. Und wer weiß: Vielleicht hat der Saboteur auch die Rauchkapseln nass gemacht.«

»Warum sollte jemand dieses Theaterstück sabotieren?«, gab Franzi zurück. »Es ist ein tolles Projekt. Außerdem konnte doch kein Saboteur schnell mal eben den Gurt des Taxis kürzen oder dafür sorgen, dass Schauspieler krank werden.«

»Das klingt wirklich eher nach einem Theaterfluch«, sagte Marie leise.

Michelle dachte anscheinend dasselbe. Sie ging unruhig auf und ab und wirkte, als habe sie gerade einen Geist gesehen. Ein braun gebrannter Mann mit modischer Kurzhaarfrisur und einem frisch gebügelten Oberhemd trat zu ihr. In der Hand hielt er eine große Papiertüte, die er Michelle überreichte. Sie lächelte ihn dankbar an.

»Wer ist das denn?«, fragte Franzi misstrauisch.

»Das wird Michelles Agent sein«, vermutete Kim. »Der sollte doch neue Rauchkapseln besorgen.«

Mit dieser Vermutung lag Kim völlig richtig. Kurz darauf stellte ihnen Michelle den Agenten vor. »Frank Janusz vermittelt mir Filmprojekte und wickelt meine Verträge ab. Außerdem ist er seit fast zwei Jahren der Lebensgefährte meiner Mutter.«

»Freut mich.« Der Mann gab den drei !!! die Hand. »Von Marie habe ich schon gehört. Ich kenne deinen Vater. Ein großartiger Schauspieler!«

»Danke«, sagte Marie nicht ohne Stolz.
»Wollte Mama nicht mitkommen?«, fragte Michelle ihren Agenten.
Er schüttelte den Kopf. »Mona hat einen Termin, aber sie schaut auf jeden Fall noch vorbei. Sonst bekommt sie ihre Tochter in der Drehpause der *Vorstadtklinik* gar nicht mehr zu Gesicht.«
»Ich bin ziemlich oft unterwegs«, gestand Michelle. »Leider bleibt neben dem Job nicht viel Zeit für meine Freunde und die Familie.«
Frank Janusz legte ihr eine Hand auf die Schulter. »Übernimm dich nicht, okay! Es ist stark von dir, dass du deine Freizeit für diese Sache opferst, aber gönn dir auch ein paar Ruhepausen.«
»Ich spiele heute Abend mit meinen Mädels Volleyball«, antwortete Michelle. »Das tut mir immer gut. Wenn du in der Zwischenzeit helfen willst, könntest du das Geländer an der Bühne anbringen. Es wurde schon geliefert, aber noch nicht aufgebaut.«
»Na, dann lege ich doch gleich mal los!« Der Agent krempelte sich die Ärmel hoch.
Franzi bot ebenfalls ihre Hilfe an. Schließlich waren sie und Kim zum Helfen hier. Gemeinsam trugen sie die zurechtgesägten Holzteile auf die Bühne. Werkzeug und Zubehör gab es in einem Bauwagen, der für das Festival als Hausmeister-Station eingerichtet war.
Während Franzi mit anpackte, standen Marie und Kim etwas abseits von der Gruppe.
»Heute sind noch keine Besucher da«, überlegte Kim. »Man

kann auch nicht einfach ohne Armband auf das Gelände spazieren. Wir wurden am Eingang schließlich auch überprüft.«
Marie seufzte. »Trotzdem gibt es unglaublich viele Verdächtige: die Leute von der Festival-Crew, die Akrobaten, mehrere Musiker, die anderen Schauspieler und die Leute von der Initiative. Ich denke, wir sollten die Aktion mit dem Fett einfach als blöden Streich verbuchen.«
So leicht gab Kim jedoch nicht auf. Während der Pause suchte sie die komplette Umgebung der Bühne ab. Marie half ihr dabei. Es gab keine verräterischen Spuren. Auch keine Verpackung, in der das Fett transportiert worden war. Kim schaute sogar in die Mülleimer.
Schließlich redeten sie noch mit einer jungen Frau, die für die Initiative arbeitete. Sie baute gerade den Stand von *#echtschön!* auf. Der Tisch war bereits aufgeklappt. Darüber spannte sich ein Leinensegel. Flyer und Broschüren lagen noch nicht aus. Dafür gab es bereits zwei Infowände.
Der Einstieg ins Gespräch verlief unkompliziert. Die junge Frau stellte sich als Nike vor und schien sehr redselig zu sein. Die drei !!! wussten nach wenigen Minuten schon, dass sie Ernährungswissenschaften studierte, seit einem Jahr ehrenamtlich für die Initiative arbeitete, gerade Semesterferien hatte und seit der Schulzeit mit Michelle befreundet war. Von dem Fett auf der Bühne und dem Unfall hatte sie allerdings noch gar nichts mitbekommen. Bühne und Stand lagen zwar nicht weit voneinander entfernt, aber eine Getränkebude und dichtes Schilf versperrten die direkte Sicht.
»Was für ein blöder Streich!«, ereiferte sich Nike, nachdem die drei !!! ihr davon berichtet hatten. »Ein paar Jungs haben

vorhin auch schon blöde Sprüche gebracht. Das erleben wir leider immer wieder.«

»Hätten die Jungs denn eine Gelegenheit gehabt, das Fett auf der Bühne zu platzieren?«, fragte Kim nach.

»Die Bühne wird nicht rund um die Uhr bewacht«, meinte Nike. »Wozu auch. Hier finden doch den ganzen Tag Proben statt. Vor den Theaterleuten war ein Schriftsteller da. Ich kannte den nicht, aber angeblich hat er einen Bestseller geschrieben. Irgendetwas mit einer Weltraum-Prinzessin. Jedenfalls hat er eine Show vorbereitet. Aber dann hat die Sache nicht so funktioniert, wie sie sollte. Es gab Zoff und er ist abgerauscht. Danach waren wir auch schon dran.«

»Weltraum-Prinzessin?«, hakte Kim interessiert nach.

»Ich komme gerade nicht auf den Titel des Buches. Ist ja auch nicht so wichtig.« Nike lächelte. Dann begann sie, ein widerspenstiges Plakat an die Infowand zu heften. Es rollte sich immer wieder an einer Seite zusammen.

»Hier seid ihr!« Franzi joggte lässig zu ihren Freundinnen. »Ich habe euch schon gesucht. Das Geländer ist fertig.«

»Gut«, antwortete Kim. Leise fügte sie hinzu: »Oder auch nicht gut. Der Täter könnte längst über alle Berge sein.«

Marie blickte sich schnell um. Nike hatte offensichtlich nichts gehört. Sie kämpfte noch immer gegen das Plakat.

»Täter?«, wiederholte Franzi. »Mensch, Kim, das ist doch kein Fall für die drei !!!.«

»Ich habe dieses Bauchgefühl ...«, sagte Kim.

Jetzt grinste Franzi breit. »Dieses Bauchgefühl kenne ich. Man nennt es auch Hunger! Du hast seit dem Frühstück nichts Vernünftiges mehr gegessen. Aber da kann ich dir wenigstens helfen. In meinem Rucksack befindet sich eine Packung mit Salzbrezeln.«

»Besser als nichts«, meinte Kim. Sie warf einen Blick auf Nike, die sich abmühte. »Soll ich das Plakat halten?«, fragte sie.

Nike lächelte dankbar. »Das wäre super.«

Kim hielt das Plakat an die Korkwand, während Nike die Pins festdrückte. »Darf ich dir später noch ein paar Fragen stellen? Ich schreibe einen Artikel über *#echtschön!* und das Theaterstück.«

»Sehr gern!« Nike strahlte. »Ich bin für heute so gut wie fertig und wollte eh noch etwas bei den Proben zusehen. Dann können wir uns in Ruhe unterhalten. Ich kann dir alles über uns erzählen – und natürlich über *Body-Shaming.*«

»In zehn Minuten ist die nächste Szene dran«, sagte Marie mit einem Blick auf die Uhr.

Kim schnappte sich die Schachtel mit den Pins. »Na, dann beeilen wir uns mal.«

Die drei !!! halfen Nike, die letzten zwei Plakate aufzuhängen. Genau wie das Theaterstück waren sie vor den Sommerferien von Schulklassen angefertigt worden. Egal ob Fotokollage oder gemaltes Bild – alle Motive befassten sich mit dem Thema Schönheitswahn. Es waren echte Kunstwerke darunter.

»Es ist schlimm, wie Jugendliche heute oft unter Druck gesetzt werden – besonders Mädchen«, sagte Nike, als sie fertig waren und sich auf den Weg zur Bühne machten. »Man darf kein Gramm Fett zu viel haben, soll am besten dauernd hungern, den ganzen Tag Sport machen und die absurdesten Challenges im Internet gewinnen. Ihr ahnt gar nicht, was es da für blöde Wettbewerbe gibt. Aber natürlich geht es nicht nur darum, gegen Magersucht zu kämpfen, sondern auch um andere blöde Schönheitsvorstellungen. Manche Leute sind ja allen Ernstes der Meinung, dass jeder dichtes Haar, lange Beine, eine schmale Nase und gerade Zähne haben sollte. Wie langweilig wäre das denn!«

»Stimmt«, pflichtete ihr Kim bei.

Marie wusste, dass Kim manchmal unzufrieden mit ihrem Körper war. Ihr fehlte eine Extraportion Selbstvertrauen. Dabei war Kim für ihren Freund David das tollste und schönste Mädchen der Welt. Und sie konnte supergut schreiben. Marie war sehr hübsch und selbstbewusst. Ihr Aussehen war ihr wichtig. Auch wenn sie dafür mal von Franzi einen Spruch kassierte. Franzi machte sich nämlich nichts aus Mode und Schönheit. Sie war eine Sportskanone und liebte Tiere. Marie dachte darüber nach, wie unterschiedlich sie waren. Und trotzdem waren sie beste Freundinnen und ein perfektes Team.

»Wir setzen uns dafür ein, dass Mädchen eine gesunde Balance finden«, erklärte Nike, als sie an der Bühne ankamen. »Es geht darum, glücklich zu sein und sich nicht irgendwelchen von den Medien propagierten Schönheitsidealen zu unterwerfen.«

Marie hörte nur mit halbem Ohr zu. Ihre Aufmerksamkeit galt der Bühne. Dort standen sich gerade die Leute vom Theater und drei fremde Jungen gegenüber. Wobei einer von ihnen auf den zweiten Blick gar nicht so fremd war. Marie erkannte den Musiker wieder, mit dem sie zusammengestoßen war. Fabian von der Band *FDH*.

»Ihr seid erst später mit den Proben dran!«, beschwerte sich ein Mädchen aus der Theatergruppe. »Schaut doch auf den Plan!«

Nun trat einer der Jungen vor. »Wir sind aber wichtiger als ihr. Wir sind ein Haupt-Act und euer blödes Boot hier geht gar nicht! Wo sollen wir denn das Schlagzeug hinstellen?«

»Solltet ihr nicht ursprünglich im Veranstaltungszelt auftreten?«, mischte sich Michelle ein.

»Das Zelt geht auch gar nicht«, meinte der Dritte im Bunde. »Wir spielen open air. Hier. Und das Boot muss weg.«

Michelle fuhr sich mit beiden Händen über das Gesicht. »Ich spreche mit der Festivalleitung. Aber bis dahin gehen unsere Proben weiter.«

»Von mir aus brauchen die gar nicht aufzutreten«, sagte ein Mädchen, das in der Nähe von Marie stand. »Hat mal einer von euch die Liedtexte gehört? Die sind doch oberflächlich und frauenfeindlich.«

»Sorry, Quasimodo, aber das habe ich gehört.« Fabian blitzte das Mädchen an. »Es kann ja nicht jeder eine Emanze mit O-Beinen und Monobraue sein. Wusstest du, dass man Augenbrauen auch zupfen kann, oder bricht bei dir dabei schon die Pinzette ab?«

»Gebt doch zu, dass ihr das Fett auf die Bühne gelegt habt!«, rief Luke. »Dafür sollten wir euch bei eurem Auftritt auch etwas vor die Füße schmieren. Am besten eine Portion Niveau. Das fehlt euch nämlich!«

»Dafür habt ihr genug Fett.« Einer der Musiker klatschte sich auf den durchtrainierten Bauch. »Und so genial die Idee mit dem Fett auch war, sie geht leider nicht auf unser Konto. Den nächsten Brocken spendieren wir dann aber gern.«

Die Stimmung war am Brodeln. Gleich würde es eine Prügelei geben. Doch da entdeckten die Jungen von *FDH* jemanden. »Hey, Moppe! Du verpasst hier was! Beweg mal deinen Hintern.«
Ein braunhaariger Junge kam angeschlendert. Er blickte die Jungs auf der Bühne fragend an.
»Das ist Moppe«, rief Fabian. »Unser vierter Mann. Er ist nicht gerade schön, aber der einzige Schlagzeuger, der es draufhat. Moppe sucht noch eine Freundin. Na, jemand Interesse?«
»Lass mal, Fabi«, brummte Moppe und wurde rot. »Ich stehe nicht auf Dicke.«
»Jetzt reicht es!« Michelles Agent drängte sich zwischen den Jugendlichen hindurch. »Verlasst bitte sofort die Bühne, oder ich melde das der Festival-Leitung.«
»Viel Spaß dabei«, ätzte Fabian.
»Macht keinen Ärger, Jungs«, sagte Frank Janusz warnend. Dabei klang seine Stimme ganz tief und ruhig. Die Jungen von *FDH* tauschten einen Blick, dann kletterten sie von der Bühne.
»Ich habe nur kurz die Werkzeuge weggebracht«, sagte Frank zu Michelle. »Sieht ja ganz so aus, als dürfte man die Bühne keinen Moment aus den Augen lassen.«
Michelle sah verzweifelt aus. »Wir machen jetzt weiter! Amanda hat nicht den ganzen Tag Zeit.«
Doch das Unglück schien ungehindert seinen Lauf zu nehmen. In der nächsten Minute rannte Solveig auf die Gruppe zu. Ihr Gesicht war wutverzerrt. »Diese verdammten Schweine!«

Zerstörungswut

Nike fuhr herum. »Was ist mit dem Stand?«
Solveig blieb stehen. Ihre Wangen waren gerötet und in ihren Augen schimmerten Tränen. Als sie sprach, klang ihre Stimme rau und mühsam beherrscht. »Jemand hat die Plakate kaputt gemacht!«
»Aber wir waren doch nur ein paar Minuten weg!« Nike stand stocksteif da, die Hände zu Fäusten geballt.
Solveig starrte die Jungen von *FDH* misstrauisch an. »Ihr steckt dahinter, stimmt's?«
Fabian griff sich theatralisch an die Brust. »Du hast mich ertappt. Ich gebe es zu: Ich kann gleichzeitig an zwei Orten sein!«
Kim deutete auf Moppe. »Er ist erst später dazugestoßen.«
»Hallo?«, fragte Moppe genervt. »Ich bin ja wohl eindeutig aus der anderen Richtung gekommen. Vom Wald.«
»Und was hast du dort gemacht?«, wollte Kim wissen.
»Ist das hier ein Kreuzverhör oder was?«, fragte Fabian.
»Hey, ich hab nur Handyempfang gesucht. Das ist voll das fiese Funkloch hier!«, beschwerte sich Moppe.
Amanda Berg hob eine Hand. Erstaunlicherweise kehrte sofort Ruhe ein. Die Regisseurin sah ernst in die Runde. »Wir proben ein Theaterstück. Alle, die nicht mitspielen, verlassen jetzt bitte die Bühne.«
»Hasta la vista!« Die Jungs von *FDH* gingen grinsend davon.
Michelle schüttelte traurig den Kopf. »Was für Idioten!«
»Ich muss nach dem Stand sehen.« Nike schien nun endlich

aus ihrer Starre erwacht zu sein. Franzi und Kim folgten ihr. Marie blieb bei der Bühne. Amanda versammelte bereits die Schauspieler, um die nächste Szene zu besprechen.
Eine einzelne Wolke zog über den blauen Himmel. Sie hatte die Form einer Katze. Im leichten Wind veränderte sie sich. Plötzlich wirkte sie dämonisch. »Die Wolken«, flüsterte Marie. »Vorboten des Unheils.«
Trotz der Wärme fröstelte sie.

Als die Proben beendet waren, gesellte sich Marie zu ihren Freundinnen. Franzi und Kim hatten Nike geholfen, den Stand, so gut es ging, wiederherzurichten. Aber die Plakate konnte man nicht mehr retten. Sie lagen ausgebreitet auf dem Tisch. Jemand hatte mit schwarzem Textmarker darauf herumgekritzelt und sie anschließend von der Wand gerissen. Kim hatte Fotos gemacht und das Ausmaß der Zerstörung dokumentiert.
»Jemand scheint es gezielt auf die Initiative abgesehen zu haben«, meinte Franzi. »Wir haben auch einen zweiten Block Fett gefunden.«
»Das hier ist nicht nur ein blöder Streich«, fügte Kim hinzu. »Das ist wirklich Sabotage.«
Nike legte die kaputten Plakate zusammen. »Wir bekommen oft dumme Sprüche und manchmal auch fiese Kommentare im Internet«, sagte sie. »Aber das hier ist eine andere Nummer.«
»Wir können herausfinden, wer das war«, bot Marie an.
Kim nickte. Sie zückte die Visitenkarte der drei !!! und reichte sie Nike.

Die blickte erstaunt auf das Papier. »Ihr seid Detektivinnen?«
»Ja, und wir haben schon viele Fälle erfolgreich aufgeklärt!«, verkündete Franzi stolz. »Es spricht doch nichts dagegen, dass wir die nächsten Tage die Augen offen halten.«
»Ganz im Gegenteil«, sagte Nike anerkennend. »Ich wäre euch sehr dankbar. Aber nur, wenn ihr versprecht, dass ihr euch nicht in Gefahr bringt! Hinter dieser Aktion muss unglaublich viel Hass stecken. Und Hass ist unberechenbar.«
»Wir nehmen uns in Acht!«, versprach Marie.

In der Villa der Grevenbroichs roch es verführerisch. Heute kochte eindeutig Maries Vater. Sie schnupperte.
Ja, das konnte nur sein berühmter Auberginen-Auflauf sein – Maries Leibspeise.
Sie eilte in ihr Zimmer, um das leichte Sommerkleid gegen ein T-Shirt und eine Leinenhose zu tauschen. Im selben Moment klingelte ihr Handy. Auf dem Display leuchtete ein großes Herz auf. Holger!
Marie strahlte und nahm den Anruf sofort entgegen.

»Sei gegrüßt, meine Schöne!«, sagte Holger. »Wie war dein Tag?«
Marie lieferte ihm eine Kurzzusammenfassung.
»Klingt so, als hättet ihr da wirklich einen neuen Fall«, meinte Holger. »Hoffentlich sehe ich dich in den nächsten Tagen trotzdem mal!«
»Du wolltest doch unbedingt bei diesem Parkour-Event mitmachen und trainierst Tag und Nacht«, wandte Marie ein. »Sonst hätte ich bei dem Theaterstück gar nicht zugesagt.«
Holger lachte. »Die Schauspielerei liegt dir im Blut. Du wolltest das auf jeden Fall machen. Ganz abgesehen von deinen anderen Hobbys. Du willst tanzen, singen und Kriminalfälle lösen. Und ich habe das Bedürfnis, über Hindernisse zu springen. So sind wir. Aber ich vermisse dich! Jede einzelne Sekunde!«
»Ich dich auch«, sagte Marie leise.
»Mein Herz ist immer bei dir, meine Schöne!«
Marie schluckte. Vor einiger Zeit hatte sich Holger Hals über Kopf in ein Mädchen vom Parkour verliebt. Aber er war zu Marie zurückgekehrt. Seitdem waren sie verliebt wie am ersten Tag. Aber manchmal waren da auch heimliche Zweifel. Jetzt zum Beispiel. Marie sah in den Spiegel, der in ihrem Zimmer hing. Ihr blondes Haar schimmerte im Abendlicht. Was mochte Holger an ihr? Vielleicht stand er gar nicht auf ihren Charakter, sondern nur auf ihr Aussehen? Wenn sie ehrlich war, musste sie sich eingestehen, dass sie anfangs wegen seines guten Aussehens mit Holger geflirtet hatte – und wegen seines Lächelns. Aber dann war da schnell mehr gewesen.
»Du bist so still«, kam es aus der Leitung.

Marie holte tief Luft. »Alles in Ordnung. Es war nur ein langer Tag. Holger?«

»Ja?«

»Ich hab dich lieb! Ehrlich.« Sie lauschte gebannt.

Holger räusperte sich.

War das ein gutes oder ein schlechtes Zeichen?

Endlich kam die Antwort. »Ich dich auch.«

»Marie!«, tönte es aus der Küche. Das war Herr Grevenbroich.

Marie verabschiedete sich rasch von Holger und schob die Zweifel beiseite. »Auberginen-Time!«

»Guten Appetit!«, sagte Helmut Grevenbroich fünf Minuten später.

Die Familie saß gemeinsam um den großen Tisch: Maries Stiefmutter Tessa, deren Tochter Lina und Maries kleiner Halbbruder Finn.

»Ich habe heute im Kindergarten einen Pfeil auf Leon geschwebt!«, erklärte Finn stolz.

Tessa sah ihn streng an. »Du sollst nicht mit Stöcken spielen.«

»Doch«, verteidigte sich Finn. »Leon war eine Giraffe und ich war ein Indianer.«

Herr Grevenbroich schmunzelte. »So ist das eben im Waldkindergarten.«

»Gibt es denn auch erfreuliche Nachrichten?«, fragte Tessa. Sie sah in die Runde.

Lina schob missmutig mit der Gabel ein Stück Aubergine auf dem Teller herum.

»Wie war es bei Anouk?«
Lina sah nicht auf. »Wir haben Videos geguckt.«
»Dafür ist das Wetter doch viel zu schön!«, fand Tessa. Dann wandte sie sich an Marie. »Ich werde übrigens auch beim Festival am See dabei sein.«
»Als Kamerafrau?«, fragte Marie erstaunt.
»Nein. Mit einem T-Shirt-Stand.« Tessa schnappte sich das Messer, mit dem Finn sich gerade ein riesiges Stück Aubergine in den Mund stopfen wollte. »Nimm bitte die Gabel!«
Tessa verkaufte nebenberuflich T-Shirts. Ihre Produkte waren alle aus Öko-Baumwolle und wurden in der Region produziert. Sie hatte sich für einen Stand auf dem Festival beworben, hatte aber keinen mehr abbekommen. Anscheinend war jetzt einer frei geworden.
»Morgen schaue ich mir schon mal die Bude an, die ich zugeteilt bekomme«, erklärte Tessa. »Dann kann ich dich an der Bühne besuchen.«
»Wie war es denn überhaupt?«, wollte Herr Grevenbroich von Marie wissen.
»Die Arbeit mit Amanda und Michelle war klasse«, sagte Marie. Sie hatte ihre Portion schon fast aufgegessen, während Lina noch immer keinen Bissen angerührt hatte. »Und Michelle ist sowieso supernett.«
»Toll, dass sie ihre wertvolle Zeit für so eine wichtige Sache hergibt«, meinte Maries Vater anerkennend. »Ich weiß noch, wie sie bei der *Vorstadtklinik* angefangen hat.«
Tessa nickte. »Seitdem hat sie eine steile Karriere hingelegt.«
»Und wie«, stimmte Herr Grevenbroich zu. »Sie ist gerade in der engeren Auswahl für die Hauptrolle in einer Bestseller-

Verfilmung. Das könnte ihr internationaler Durchbruch werden.«
Marie horchte auf. »Was wird das denn für ein Film?«
Herr Grevenbroich löffelte sich eine weitere Portion auf den Teller. »Die *Saturn-Prinzessin* kommt auf die Leinwand. Du weißt schon, das ist dieser Fantasy-Thriller, der in zwölf Sprachen übersetzt wurde und diverse Preise gewonnen hat.«
»Ich würde sagen, es ist eher Science-Fiction«, meinte Tessa. »Aber die Verfilmung ist eine große Sache. Wenn Michelle die Rolle bekommt, könnten Aufträge aus Hollywood folgen.«
»*Die Saturn-Prinzessin*«, sagte Marie nachdenklich.
»Darf ich aufstehen?« Lina hatte ihren Teller von sich geschoben.
»Wir essen doch noch«, antwortete Tessa.
»Ich bin nicht hungrig.«
»Schatz, du musst was essen!«
Lina zog die Nase kraus. »Bei Anouk gab es Pfannkuchen. Ich bin pappsatt.«
»Dann bleib doch trotzdem noch etwas sitzen«, bat Tessa. »Wir sitzen so selten alle zusammen.«
»Ich habe Bauchweh.« Lina stand auf.
Tessa sah ihre Tochter mitfühlend an. »Zu viel gegessen oder Mädchenprobleme?«
»Mama!«, entfuhr es Lina. »Ich bin einfach satt.«
»Sie war gestern auch total schlechtlaunig«, sagte Finn, als Lina den Raum verlassen hatte.
»Muss ich mir Sorgen machen?«, meinte Tessa.
»Vielleicht ist sie unglücklich verliebt.« Herr Grevenbroich strich seiner Frau sanft über den Arm.

Im nächsten Augenblick setzte eine Sirene ein. Marie ließ vor Schreck die Gabel fallen. Herr Grevenbroich zog seine Hand zurück und Tessa fuhr herum. Finn grinste. Er zog eine blinkende Feuerwehr aus Plastik unter dem Tisch hervor. Die Sirene erklang erneut. »Feuerwehrmann Frank ist im Dienst!«

Detektivtagebuch von Kim Jülich
Samstag, 20:00 Uhr
Wir haben einen neuen Fall! Es geht um Sabotage. Aber immer der Reihe nach: Heute waren wir auf dem Gelände am Waldsee. Dort findet nächste Woche ein Festival statt. Verschiedene Künstler treten auf, es wird ein Wahrsagezelt geben, ein Beachvolleyball-Turnier, Lagerfeuer mit Stockbrot, Kinderschminken, eine Tombola und jede Menge Buden und Stände.
Die Initiative #echtschön! *hat auch einen Stand und unterstützt ein Theaterstück. Bei* #echtschön! *geht es darum,* Body-Shaming *zu stoppen. Sie sind also gegen Mobbing von Leuten, die nicht dem gängigen Schönheitsideal entsprechen. Die Leute von* #echtschön! *informieren auf dem Fest darüber, wie man mehr Selbstvertrauen kriegt, wie gefährlich Diäten sein können und was wirklich gesund ist. Irgendjemand hat es aber genau auf diese Initiative abgesehen.*
Bislang sind vier Jungs unsere Hauptverdächtigen. Sie haben eine Band namens FDH *und haben die Theaterproben gestört. Einer von ihnen kam dabei zu spät. Hat er in der Zwischenzeit den Stand beschmiert, einen Würfel Fett auf den Tisch geklatscht und die Plakate abgerissen? Soweit ich es beobachtet habe, kam er aus dem Wald. Er hat behauptet, dass er dort auf der Suche nach Handyempfang war. Aber wer geht dafür in den Wald?*

Ich muss morgen überprüfen, ob man sich vom Stand der Initiative ungesehen an der Bühne vorbeischleichen kann.
Ich habe heute schon kurz mit einem Mädchen namens Solveig gesprochen. Sie hat den Schaden entdeckt und beschuldigt FDH.
Im Grunde hat sie aber auch kein Alibi. Sie meinte, dass sie im Toilettenwagen war. Der steht in der Nähe des Eingangs.
Ansonsten kommen natürlich auch noch die Musiker und Akrobaten infrage. Und die Leute von der Festival-Crew. Es wird nicht leicht, den Schuldigen zu finden.
Ich habe mir vorsorglich das Programmheft aus dem Internet heruntergeladen. Da stehen alle Mitwirkenden drin.

Geheimes Tagebuch von Kim Jülich
Samstag, 20:23 Uhr
Im Namen der außerirdischen Raumflotte Omega-Epsilon: Jeder, der das liest, wird auf den Eisplaneten Xorxez verbannt!
Ich kann es kaum glauben! Nur noch eine Woche Sommerferien. Wir hatten doch gerade erst den letzten Schultag! Die Zeit vergeht einfach viel zu schnell, wenn es schön ist. David findet das auch. Überhaupt waren wir heute immer einer Meinung. Sogar beim Schreiben. Unsere Geschichte nimmt jetzt richtig Form an. Ich glaube, wir könnten zusammen sogar ein ganzes Buch schaffen. David will heute noch ein ganzes Kapitel schreiben. Er behauptet, dass er nach Sonnenuntergang kreativer ist. Ich bin verliebt in einen Wort-Vampir ... Mal sehen, was er mir morgen schickt. Dann bin ich nämlich dran.
Leider ist aber nicht alles in Butter. Franzi ist unglücklich. Sie tut so, als wäre alles in Ordnung, aber ich kenne sie einfach zu gut. Sie vermisst Blake so sehr, dass es wehtut.

Böse Worte

»Du wirst den Prinzen nie bekommen!«, verkündete Marie. Ihre Stimme war schneidend und kalt. Mit entschlossenem Gesichtsausdruck drehte sie sich zum Publikum und fing an zu singen: »Ich bin das Leid, Prinzessin. Ich bin die Dunkelheit. Ertränke Herzen am Grund, trag deine Stimme im Mund. Deine Schönheit vergeht, deine Hoffnung verweht.«
»Wunderbar!« Amanda reckte sichtlich zufrieden einen Daumen hoch. »Das war großartig, Marie.«
»Die Rolle liegt dir«, sagte Solveig leise. Es klang nicht wie ein Kompliment.
Sie trug wieder das blaue Kleid. Außerdem hielt sie eine Marionette in der Hand, die ebenfalls in Blau gekleidet war. Solveig konnte sich auf der Bühne nicht in eine schlanke, überirdische Schönheit verwandeln. Deshalb führte sie für die Szenen mit der verzauberten Prinzessin die Marionette über die Bühne und hüllte sich dabei in einen Schleier. Sie selbst hatte sich das ausgedacht und es funktionierte erstaunlich gut. Solveig war sehr geschickt mit der Puppe. Aber Marie verzichtete auf ein Lob. Solveig hatte sie von Anfang an abgelehnt. Leider war es bei den anderen Schauspielern kaum besser. Nur Luke war freundlich. Dafür kassierte er allerdings auch den einen oder anderen Spruch von Solveig und ihren Freundinnen.
»Die haben eben schon länger zusammen geprobt«, überlegte Franzi, als Marie in der Pause davon erzählte. Die Mädchen hatten sich beim *Beach Club* in den weißen Sand gesetzt. »Du bist die Neue und musst dich erst beweisen.«

»Meinst du, es liegt nur daran?«, fragte Marie zweifelnd. Sie zog sich die Sandalen aus und tauchte einen Fuß ins Wasser.
»Vielleicht hat es auch etwas mit deinem Aussehen zu tun«, gab Kim zögerlich zu. »In einem Highschool-Film wärst du garantiert die Anführerin der Cheerleader.«
Marie zog die Augenbrauen hoch. »Blond, schlank, blöd und gemein?«
Kim schüttelte den Kopf. »So habe ich das nicht gemeint. Aber ich glaube, dass die anderen Vorurteile haben. Sie kennen dich noch nicht richtig.«
»Dann sollen sie mir eine Chance geben«, sagte Marie bitter.
Kim sah auf ihre Armbanduhr. »Gleich gehen die Proben weiter und wir haben noch nicht alles besprochen.«
»Das Vorgehen ist doch klar«, meinte Franzi. »Marie hält bei den Theaterleuten die Augen auf und wir überprüfen *FDH*.«
»Das sind unsere Hauptverdächtigen«, stimmte Kim zu. »Ich war vorhin am Wald. Mein Handy hatte dort noch schlechteren Empfang als bei den Buden und Bühnen. Außerdem kommt man nur bis zum Zaun. Will man in den Wald hinein, muss man durchs Wasser waten. Dann hätte Moppe nasse Hosenbeine gehabt. Seine Geschichte klingt für mich daher wie eine Lüge.«
»Das finde ich auch. Wir müssen ihn eigentlich nur noch überführen.« Franzi sah zufrieden aus.
Doch Kim hatte sichtliche Zweifel. »Er kam trotzdem aus der falschen Richtung.«
Franzi winkte ab. »Dann hat er sich eben ungesehen an uns allen vorbeigeschlichen! Seine Band ist doch eindeutig gegen

die Initiative. Er hat also ein Motiv und gleichzeitig kein Alibi für den Tatzeitpunkt.«

»Dafür hat er ein Alibi für die erste Tat!«, verkündete Kim. »Erinnert ihr euch? Fabian kam zu spät zum Festival und seine Freunde waren noch nicht da. Ihr Bus hatte Verspätung. Sie hätten das Fett also nicht vor der Probe auf der Bühne platzieren können. Und am Vormittag war das Fett definitiv noch nicht da. Das Boot wurde nämlich erst kurz vor der Lesung des Autors aufgestellt und der hat sich dann furchtbar darüber aufgeregt, dass die Bühne nicht für seine Performance geeignet sei. Jemand muss es also danach hingelegt haben.«

»Woher weißt du das alles?«, staunte Franzi.

»Recherchen, Beobachtung und Gespräche mit den richtigen Leuten«, erwiderte Kim. »Ich habe gestern noch in der Broschüre des Festivals gestöbert. Der Autor war niemand Geringeres als Jens-Dieter Rohloff, der berühmte Schriftsteller.«

Marie blickte überrascht auf. »Aber den kennen wir doch aus dem Fall mit dem Einhorn!«

»Richtig.« Kim nickte. »Er tritt mit einer Show zu seinem Bestseller *Die Saturn-Prinzessin* auf. Eine ganz große Sache mit Lichteffekten und Geräuschen. Luke hat mir davon erzählt, während ihr die Verwandlungsszene geprobt habt.«

»Hm«, machte Franzi. »Luke war also schon vor der Probe da?«

»Luke, Solveig und zwei weitere Mädchen sind früher gekommen, weil sie sich noch umsehen wollten.«

»Wisst ihr, was noch merkwürdig ist?« Marie stand auf. »Michelle spielt vielleicht bald die Hauptrolle in der Verfilmung der *Saturn-Prinzessin*.«

»Das könnte ein Zufall sein.« Franzi stand nun auch auf und klopfte sich den Sand von ihrer Cargo-Hose. »Wir haben noch eine Minute Zeit!«
»Wofür?«, fragte Kim.
»Für den Power-Spruch!« Franzi reichte ihrer Freundin eine Hand und zog sie hoch.
»Na, dann mal los!« Marie hielt ihre Handfläche in die Luft.
»Eins!«, startete Kim.
»Zwei!«, kam es von Franzi.
»Drei!«, rief Marie.
Dann waren sie alle gemeinsam dran: »Power!!!«
Marie grinste. Es fühlte sich jedes Mal wieder erstaunlich gut an. So, als würde das kleine Ritual tatsächlich magische Kräfte freisetzen.

Der Rest des Vormittags verlief ruhig. Die Jungs von *FDH* ließen sich nicht blicken. Dafür saßen Michelles Mutter und Frank Janusz neben Amanda Berg und schauten aufmerksam zu.
»Ihr seid wirklich gut!«, lobte der Agent, als die Proben beendet waren. »Und das Stück ist sehr unterhaltsam.«
»Ganz wunderbar!«, fand auch Michelles Mutter. Mona Heckenbusch war eine ältere und deutlich schlankere Version ihrer Tochter. »Es ist ein sehr wichtiges Thema. Ich habe Michelle schon als Kind immer gesagt, dass sie sich nicht schämen muss. Jeder Mensch ist auf einzigartige Weise schön! Und jetzt ist meine Tochter ein Star!«
»Mama«, brummte Michelle verlegen.
»Eltern dürfen ja wohl noch stolz auf ihre Kinder sein!« Mi-

chelles Mutter wandte sich an Marie. »Dein Papa ist doch bestimmt auch ganz begeistert von dir!«
»Du hast sein Talent geerbt«, fügte Frank Janusz hinzu. »Wenn du eine Schauspieler-Agentur suchst, dann wende dich gerne an mich.«
»Danke«, sagte Marie höflich.
»Mein Schatz ist ein großartiger Agent«, schwärmte Mona Heckenbusch. »Er hat hervorragende Kontakte in der Filmbranche.«
Frank Janusz legte ihr den Arm um die Schultern. »Wir müssen uns jetzt leider verabschieden. Wir machen eine Grillparty mit Freunden.«
»Ich komme gleich nach«, versprach Michelle. »Ich muss hier nur noch den Ablauf für morgen besprechen.« Sie holte ihre Handtasche und eilte zu Amanda, die schon wartete.
Da Marie noch eine Frage zum Zeitplan hatte, folgte sie ihr. Doch Michelle kam ihr zuvor: »Wann fangen wir denn morgen an?« Michelle griff in ihre Tasche, vermutlich, um einen Kalender oder ein Handy zu suchen. »Oh!« Ihre Gesichtszüge wurden schlagartig starr.
Amanda sah Michelle fragend an. Die fing sich gerade wieder etwas. Marie erhaschte einen Blick auf einen braunen Umschlag. Doch Michelle stopfte ihn schnell wieder zurück in die Tasche. Ihre Wangen röteten sich. »Mein Handy müsste hier irgendwo sein.« Sie kramte mit fahrigen Bewegungen in der Tasche herum.
»Alles in Ordnung?«, fragte Marie.
Michelle presste kurz die Lippen zusammen. Dann setzte sie ein unbeschwertes Lächeln auf. »Alles super. Ich bin nur

schrecklich unordentlich. Und ich habe schon wieder vergessen, etwas zu trinken. Das muss ich dringend nachholen.«
Das Lächeln war absolut überzeugend. Aber Michelle war auch eine außergewöhnlich gute Schauspielerin.
Marie hatte ihre Reaktion genau mitbekommen. Der Umschlag hatte Michelle einen heftigen Schrecken eingejagt!

Während Michelle sich auf die Suche nach einer Flasche Wasser machte, ging Marie langsam mit ihren Freundinnen zum Ausgang. In knappen Worten berichtete sie von dem Umschlag. Da trat auch schon Michelle gemeinsam mit Nike durch das Tor auf den Parkplatz.
»Habt ihr den Bus verpasst?«, fragte Michelle.
Marie schüttelte den Kopf. »Wir sind mit den Fahrrädern hier. Aber wir möchten dich kurz sprechen.«
»Ich muss los«, antwortete Michelle. »Du hast es ja gehört. Meine Mutter und Frank veranstalten einen Grillnachmittag bei uns im Garten.«
»Es dauert auch nicht lange«, versprach Kim.
»Was war in dem Umschlag?«, kam Marie sofort zum Punkt.
Michelle presste ihre Handtasche so fest an sich, als würde diese gleich davonfliegen. »Woher weißt du davon?«
»Ich habe dich beobachtet«, gab Marie zurück. »Außerdem sind wir Detektivinnen. Wir merken, wenn etwas nicht stimmt.«
»Was denn für ein Umschlag?« Nike sah ihre Freundin fragend an.
Michelle senkte die Stimme. »Ich bekomme Hassbriefe.«
Nike riss die Augen auf. »Und davon erzählst du mir nichts?

Mensch, Michelle, wir sind seit der ersten Klasse befreundet!«

»Ich bekomme doch dauernd fiese Kommentare.« Michelle seufzte. »Leute schreiben mir, dass ich abnehmen soll oder eine Schönheits-OP brauche. Das kommt immer wieder vor. Normalerweise landen diese Briefe aber bei der Produktionsfirma oder bei meinem Agenten. Diese braunen Umschläge waren jedoch in meinem eigenen Briefkasten und jetzt sogar in meiner Handtasche!«

»Dann kommen sie von jemandem, der weiß, wo du wohnst und wo du dich aufhältst«, sagte Nike entsetzt.

»Jemand, der dicht an dich herankommt«, fügte Kim hinzu.

»Mir ist auch richtig schlecht«, gab Michelle zu.

Franzi sah sie mitfühlend an. »Was steht denn in den Briefen?«

»Es geht immer um mein Gewicht. Erst waren es nur Kopien von Diätrezepten und Abnehm-Tipps. Dann lag eine Schachtel mit Tabletten dabei. Es waren Appetitzügler.« Sie öffnete die Tasche und zog den Umschlag heraus. Bevor Kim sie aufhalten konnte, hatte sie den Umschlag auch schon aufgerissen. »Ein Flyer – von einer Schönheitsklinik.«

»Das ist ja wohl das Letzte!«, fauchte Nike.

»Dürfen wir den Umschlag untersuchen?«, fragte Kim. »Vielleicht können wir Fingerabdrücke sicherstellen.«

Den Nachmittag verbrachten die Mädchen bei Franzi im Garten. Sie saßen auf einer Picknickdecke im alten Obstbaumgarten. Die ersten Äpfel wurden langsam reif, und obwohl es noch warm war, spürte man bereits, dass der Sommer nicht ewig dauern würde. Heute war der 1. September. In einer Woche würde die Schule wieder starten und damit auch Maries Tanzunterricht, die Gesangsstunden, die Hausaufgaben und die Theater-AG. Holger konnte sie dann nur noch an den Wochenenden treffen. Aber wenigstens lebte Holger nicht auf der anderen Seite des Atlantiks. Marie musterte Franzi. Ihre Freundin hatte dunkle Ringe unter den Augen. »Hast du wieder gechattet?«

Franzi nickte. »Bis um ein Uhr nachts. Ausgerechnet heute war bei uns ein Sonntags-Brunch im Hofcafé und ich musste meiner Mutter in der Küche helfen. Um sieben Uhr in der Früh! Und zwei Stunden später bin ich dann auch schon zum See geradelt. Ich bin fix und fertig.« Sie ließ sich rücklings auf die Decke fallen. Kim hatte unterdessen einen Schreibblock auf ihre Knie gelegt. Darauf befanden sich bereits einige Notizen zu dem neuen Fall. »Wollen wir anfangen?«

»Meinetwegen«, brummte Franzi. »Wenn ich dabei die Augen schließen darf?«

»Vor mir aus.« Kim zückte einen Stift. »Gestern haben wir angenommen, dass jemand die Initiative *#echtschön!* angreifen will. Aber heute haben wir erfahren, dass es jemand direkt auf Michelle abgesehen hat. Wir müssen uns nun fragen, ob hinter den Vorfällen derselbe Täter steckt oder ob unterschiedliche Leute an der Sabotage und den braunen Umschlägen beteiligt sind.«

»Michelle ist sehr engagiert, wenn es um die Initiative geht«, meinte Marie. »Daher ist ein Angriff auf *#echtschön!* auch ein Angriff auf Michelle.«

Kim nickte nachdenklich. »Das stimmt. Mir ist übrigens aufgefallen, dass es bei allen Angriffen um Übergewicht ging. *#echtschön!* setzt sich doch allgemein gegen *Body-Shaming* ein. Da geht es um falsche Schönheitsideale insgesamt. Warum hat der Täter es dann nur auf dieses einzelne Thema abgesehen?«

»Diese Jungs von *FDH* haben definitiv etwas gegen dicke Menschen«, überlegte Marie. »FDH ist der Name einer Diät und die Abkürzung für *Friss die Hälfte*.«

»Es sind aber auch die Anfangsbuchstaben der Jungs«, berichtete Kim. »Das stand in der Broschüre über die Künstler, die am Festival teilnehmen: Fabian, Damian und Hannes. Hinzu kommt noch ihr Schlagzeuger Moppe. Die Jungen stehen nach wie vor auf meiner Liste ganz oben. Fragt sich bloß, ob sie auch für das Fett auf der Bühne verantwortlich sind. Außerdem waren sie heute nicht auf dem Gelände. Wie konnten sie dann den Umschlag in Michelles Tasche packen?«

»Vielleicht haben sie einen Komplizen«, schlug Marie vor. »Was meinst du, Franzi?«

Es kam keine Antwort. Kim beugte sich zu ihrer Freundin hinunter. »Die schläft!«

Tatsächlich atmete Franzi ganz gleichmäßig. Ein zartes Lächeln war auf ihr Gesicht getreten.

»Sie träumt von Blake«, flüsterte Marie. »Garantiert.«

»Lassen wir sie schlafen«, entschied Kim. »Wir kümmern uns solange um den nächsten Punkt auf der Liste.«

»Und der wäre?«

»Jens-Dieter Rohloff«, verkündete Kim. »Er war vor der Theatergruppe auf der Bühne und es gibt eine Verbindung zwischen ihm und Michelle.«

»Die Verfilmung der *Saturn-Prinzessin*!«

»Genau.« Kim tippte energisch mit dem Stift auf ihren Block. »David findet die Romane von Rohloff genial. Deshalb habe ich auch zwei davon gelesen. Sie sind echt spannend, aber es nervt, dass die guten Frauen alle wunderschön und superschlank sind. Die rundlichen Leute sind wahlweise dumm oder böse.«

»Michelle hat sich für die Hauptrolle beworben«, erklärte Marie. »Ist das ein böser Charakter?«

»Nein, diese Rolle ist eine Ausnahme. Die Saturn-Prinzessin ist nicht nur wunderschön, sie ist auch klug und gütig. Sie ist die Hüterin der Gestirne und will das Universum vor einer dunklen Bedrohung schützen. Dabei wird sie von ihrer hässlichen Schwester Mogunde sabotiert.«

»Und die hat Übergewicht?«

»Sie hat X-Beine, einen schlechten Atem, ungepflegte Haare, kaputte Zähne und natürlich Übergewicht. Außerdem schielt sie auch noch.« Kim verdrehte die Augen. »Herr Rohloff hat bei diesem Charakter echt übertrieben.«

Marie zückte ihr Handy. »Ich gucke mal, was zu dem Film im Netz steht. Das Casting hat ja bereits begonnen.«

Ein Blatt segelte vom Apfelbaum und landete direkt auf Franzis Stirn. Sie gab einen leisen Schnarcher von sich. Ihre linke Hand zuckte leicht. Dann lag sie wieder ganz still da.

»Und?«, fragte Kim nach einer Weile.

»Der Film wird heiß diskutiert«, gab Marie zurück. »Es gibt jede Menge Vorschläge für die Besetzung der Prinzessin. Viele Leute finden Michelle gut, aber es gibt auch üble Stimmen, die der Meinung sind, dass sie für die Rolle über dreißig Kilo abnehmen müsste.«

»Über dreißig Kilo?« Kim zog eine Augenbraue hoch. »Dann würde Michelle bestimmt kaum mehr als fünfzig Kilo wiegen. Das wäre bei ihrer Größe zu wenig.«

»Der Hammer kommt aber noch.« Marie sah ihre Freundin triumphierend an. »Jetzt rate mal, wer sich in der Presse dazu geäußert hat?«

»Jens-Dieter Rohloff?«

»Genau der! Er hat in einem Interview gesagt, dass Michelle wohl eher die Rolle der Mogunde spielen könnte. Es wäre leichter, sich die Haare mit Fett einzureiben, als das eigene Fett von den Hüften zu bekommen.«

Kim starrte Marie fassungslos an. »Das hat er wirklich gesagt?«

»Hier steht es.« Marie hielt ihrer Freundin das Handy hin.

»Dann hat er auf jeden Fall ein Motiv!« Kim unterstrich den Namen auf ihrem Zettel gleich mehrfach. »Er will Michelle fertigmachen, damit sie die Rolle abgibt.«

»Herr Rohloff war aber nicht bei den Proben und wir haben ihn am Samstag auch nicht auf dem Gelände gesehen.«

Kim dachte nach. »Wir müssen mit Michelle reden. Und wir werden jetzt noch besser aufpassen. Jens-Dieter Rohloff hat die letzte Probe abgebrochen. Also wird er die nächsten Tage bestimmt noch einmal zum See kommen, um die Probe nachzuholen. Dann müssen wir dabei sein!«

»Nein, keine Leberwurst«, murmelte Franzi. Sie zog die Nase kraus. »Die Lampe soll weg!«

»Doch kein Traum von Blake«, entschied Marie belustigt.

»Leberwurst und Lampen?« Kim grinste. »Arme Franzi.«

»Hmpf«, machte Franzi wie zur Bestätigung.

Angriff aus der Dunkelheit

Der Montag begann mit leichtem Regen. Es war ein paar Grad kälter als am Vortag. Jetzt hatte Marie wirklich das Gefühl, den Herbst schon riechen zu können. Sie schickte Holger eine Nachricht mit einem Herz-Emoji und einer Sternschnuppe. Während sie sich in ihrem eigenen Badezimmer fertig machte, wartete sie ungeduldig auf eine Antwort, doch die blieb aus. Die gute Laune war wie weggewischt.

Vor dem Frühstück zog Marie auch noch die Tarot-Karte »Neun der Schwerter«: Albträume, Ängste, Zweifel, das Ende einer Illusion und das unschöne Erwachen. Für das unschöne Erwachen hatte bereits ihr Wecker gesorgt. Und jetzt ging es kaum besser weiter. Lina bestand darauf, ihre Cornflakes trocken zu essen, und Finn goss Orangensaft in seinen Joghurt. Anschließend rührte er alles mit der Hand um. Tessa stöhnte und schnappte sich einen Lappen. »Ich muss in einer halben Stunde los! Außerdem will ich noch die T-Shirt-Auswahl für das Festival machen. Ich habe keine Zeit, euch wie die Babys zu füttern.«

»Du brauchst mich auch nicht zu füttern.« Lina stellte die Cornflakes-Packung weg. »Ich bin eh fertig mit dem Essen.«

»Deine Schüssel ist noch halb voll!«

»Wenigstens habe ich damit nicht herumgeschmiert.« Lina deutete auf ihren kleinen Bruder, der sich den Joghurt nun in die Haare rieb. »Er ist drei Jahre alt! Langsam sollte er wie ein Mensch essen können.« Mit diesen Worten stand sie auf und rauschte aus der Küche.

»Ich hoffe wirklich, dass meine Eltern bald ein Haus in der Stadt finden«, stöhnte Tessa.
Marie goss Milch auf ihre Cornflakes. »Oma Agnes bringt Finn schon noch Manieren bei. Aber dafür müssen wir dann Algenflocken und Urkornbrot essen und dabei ganz leise sein.«
»Meine Mutter hat da etwas extreme Ansichten«, gab Tessa zu. »Aber ohne Hilfe schaffen wir es auch nicht.«
Das stimmte. Seit die Grevenbroichs keinen Au-pair-Jungen mehr hatten und Oma Agnes wieder bei ihrem Mann auf dem Land wohnte, herrschte in der Villa regelmäßig der Ausnahmezustand. Holgers Mutter unterstützte Tessa zwar seit einiger Zeit im Büro, aber Marie musste trotzdem viel zu oft als Babysitter einspringen. Zum Glück kam Holger großartig mit Finn aus. Allein dafür hatte Marie ihn schon unendlich lieb. »Ich bringe Finn zum Waldkindergarten«, bot sie an.
»Vielen Dank!« Tessa legte Marie eine Hand auf die Schulter. »Und schau nachher bitte auch nach Lina. Seit sie ständig mit dieser Anouk zusammen ist, benimmt sie sich seltsam.«
»Ich kümmere mich darum«, versprach Marie. Sie warf einen Blick auf ihr Handy. Noch immer keine Nachricht von Holger.

»Und? Schon irgendwelche Erkenntnisse?«, fragte Marie Kim, als sie sich mehrere Stunden später am See trafen. Holger hatte noch immer nicht geantwortet. Marie verdrängte die düsteren Gedanken. Immerhin waren die Wolken weitergezogen und die Sonne trocknete das nasse Gras. Franzi blickte gedankenverloren über den See. Auch heute sah sie sehr müde aus. Dafür sprühte Kim nur so vor Tatendrang. »Ich habe den Umschlag untersucht und konnte mehrere Fingerabdrücke sicherstellen. Ich fürchte nur, dass die meisten von Michelle stammen. Abgesehen davon habe ich noch überprüft, wer für die Rolle der Saturn-Prinzessin im Gespräch ist. Es könnte schließlich sein, dass eine Konkurrentin Michelle verunsichern will.«

Bevor Marie etwas sagen konnte, stapfte Solveig auf die Mädchen zu. »He, Barbie. Die Klönstunde ist vorbei. Deine Rolle ist gefragt. Also schmeiß dich ins Hexenkostüm und sprich deinen Fluch aus.«

»Wie blöd«, sagte Marie mit gespielter Enttäuschung. »Jetzt wollte ich gerade noch mit meinen Freundinnen über dich lästern. Schade, dann mache ich das eben später.«

Solveig blitzte Marie wütend an. »Du kommst dir wohl mächtig toll vor!«

»Ich bin mächtig toll!«, entgegnete Marie. Dabei fühlte sie sich gerade überhaupt nicht so. Warum hatte Holger nicht auf die Nachricht geantwortet?

Als sie auf die Bühne trat, schaltete sie das Handy aus. Sie durfte sich nicht von ihren Ängsten und Sorgen ablenken lassen. Franzi hatte mal gesagt, dass es gar nicht gut war, ständig Karten zu ziehen. Sie meinte, dass Marie damit ihren Tag schon im Voraus festlegen würde. Die Sachen passierten, weil Marie sie schon im Kopf hatte. Und jetzt hatte sie die »Neun der Schwerter« im Kopf. Morgen würde sie besser keine Karte ziehen.

Die Zeit der langen Sommerabende war beinahe vorbei. Als die Theatergruppe mit den Proben fertig war, ging die Sonne als leuchtend roter Ball unter. Die Wipfel der Bäume sahen aus, als würden sie brennen. Es war so windstill, dass der See wie ein dunkler Spiegel wirkte. Nur ab und zu kam ein Fisch an die Oberfläche, um nach Mücken zu schnappen.

Marie zog ihr Hexenkostüm aus. Es war aus mehreren Schichten Tüll und Folienjersey genäht und schimmerte in verschiedenen Grüntönen. Bei der Aufführung würde sie sich Wasserpflanzen aus Stoff und Plastik in die Haare flechten. Außerdem würde sie ihr Gesicht mit einem zartgrünen Puder abdecken und falsche Wimpern ankleben – in Grün und Silber. Darauf freute sich Marie schon. Vorsichtig legte sie ihr Kostüm zusammen.

Kim und Franzi kamen zu ihr. Sie hatten Nike dabei geholfen, aus den zerstörten Überresten neue Plakate zu basteln. »Wir waren hauptsächlich am Stand. Aber zwischendurch konnten wir uns umhören!«, flüsterte Kim. »Jens-Dieter Rohloff ist gerade im Bauwagen der Festival-Leitung! Die machen eine Krisensitzung. Rohloff ist kurz davor, seinen Auftritt abzusagen. Aber seine Saturn-Show wurde bereits groß angekündigt.«

»Die Jungs von *FDH* hängen leider auch hier herum«, fügte Franzi hinzu. »Sie waren vorhin am Stand und haben ein paar blöde Kommentare abgegeben.«

»Die sind echt schlimme Nervensägen.« Kim verdrehte die Augen. »Sie haben heute übrigens im Festzelt geprobt. Habt ihr das mitbekommen?«

»Klar«, sagte Marie genervt. »Die waren so laut, dass man

kaum verstehen konnte, was auf unserer Bühne gesprochen wurde. Und hinterher sind sie noch gekommen, um sich bei uns zu beschweren. Wegen uns könnten sie ihren Auftritt nicht richtig vorbereiten. Solveig war kurz davor, die Typen zu verprügeln.«

»Ist dir noch etwas aufgefallen?«, fragte Kim leise.

»Bei den Proben nicht«, meinte Marie. »Aber dafür ist Michelle total angespannt. Sie hat geradezu Angst, in ihre eigene Handtasche zu gucken. Diese Briefe setzen ihr echt zu.«

Kim half Marie, das Kostüm in einer der Kisten zu verstauen, die zum Theater-Projekt gehörten. »Vielleicht können wir gleich noch mit ihr reden. Nike und ihre Kollegen haben ein Lagerfeuer mit Stockbrot organisiert. Wir sind alle eingeladen.«

»Das ist mein Stichwort«, sagte Franzi. »Ich habe versprochen zu helfen.«

Gemeinsam mit Nike und Michelles Agenten schleppte sie eine Feuerschale auf die Wiese vor der Bühne. Dann folgten mehrere große Holzscheite und Weidenruten sowie zwei Schüsseln mit Brotteig. Frank Janusz versuchte vergeblich, ein Feuer anzuzünden. Schließlich sprang Franzi ein und half ihm.

Als die Holzscheite knackend und knisternd brannten, stand der Agent auf und rieb sich die Hände. »So, Leute, ich verabschiede mich dann mal. Ich muss leider noch zu einem Geschäftsessen.«

»Du hast hier schon genug für uns getan. Vielen Dank.« Michelle umarmte den Freund ihrer Mutter.

»Keine Ursache. Du bist doch meine wichtigste Klientin!«

Er drückte sie. »Morgen muss ich aber zusehen, dass ich meine Arbeit im Büro erledige.«

Als er gegangen war, suchte sich jeder einen Platz. Solveig saß neben Luke. Ab und zu warf sie Marie einen vernichtenden Blick zu. Nike erzählte unterdessen von den *Body-Challenges*, die gerade im Trend lagen.

Darüber konnte Michelle nur den Kopf schütteln. »Wie krass müssen die Mädchen denn hungern, damit sie einen Ball zwischen ihren Oberschenkeln durchwerfen können?«

»Gesund ist das nicht«, sagte Nike. »Starkes Übergewicht ist für den Körper nicht gut, aber starkes Untergewicht kann lebensgefährlich sein.«

»Und schön macht es auch nicht«, fand Michelle. »Diäten killen den Stoffwechsel. Und wer zu schnell und heftig abnimmt, riskiert Haarausfall, brüchige Fingernägel und Hautprobleme. Da esse ich doch lieber gesund und abwechslungsreich und versuche, meinem Lieblingssport treu zu bleiben.«

»Ganz meine Rede.« Nike hielt ihr Stockbrot über die Flammen. »Wusstet ihr, dass Michelle schon in der Schule Volleyball gespielt hat? Ich war in Sport immer eine Niete. Und ich habe in den Pausen bestimmt das Fünffache von dem verdrückt, was Michelle gegessen hat.«

»Nike war als Gier-Raupe bekannt«, stimmte Michelle zu. »Aber sie war trotzdem schlank. Und ich nicht. Essen und Bewegung machen viel aus, aber eben leider nicht alles.«

»Aber bei dir sieht man wenigstens, dass du Sport machst«, warf Solveig ein. »Und du bist schön.«

»Jeder ist schön!«, verkündete Nike.

Doch Solveig sah traurig ins Feuer. »Na klar. Das kann jeder

behaupten, der Normalgewicht hat und in der Schule nicht fertiggemacht wird.«
Dazu hatte fast jeder etwas zu berichten. Marie hörte aufmerksam zu. Viele Mädchen mochten morgens nicht mal in den Spiegel sehen. Sie trugen lange, weite Sachen, um sich zu verhüllen, und fürchteten den Sportunterricht.
»Ich treffe beim Basketball viel öfter als die anderen«, meinte ein Mädchen mit braunen Locken. »Aber die spielen mich fast nie an. Und wenn wir Lauftraining haben, lachen sie, wenn ich Seitenstechen bekomme.«
»Das kenne ich auch«, sagte Kim. »Wir wärmen uns aber auch nie richtig auf. Und dann sollen wir losrennen und durchhalten. Dabei habe ich mittlerweile gelernt, dass man lieber langsam anfangen und dann sein eigenes Tempo finden soll.«
»Sag das mal meinem Sportlehrer«, meinte das braunhaarige Mädchen.
Franzi wollte auch etwas sagen, doch in diesem Augenblick stieg eine Flamme in den Himmel. Kurz darauf brannte das gesamte Geländer der Bühne.
»Feuer!«, rief Kim. »Los! Wir müssen das löschen!«
Franzi griff nach dem Wassereimer, der neben der Feuerschale stand. Sie rannte zur Bühne und kippte den Inhalt mit Schwung auf die Flammen. Es zischte. Rauch stieg auf. Doch es reichte nicht. Hastig füllte Franzi den Eimer mit Seewasser. »Helft mir!«
»Da ist jemand!« Kim deutete auf eine dunkle Gestalt, die durch das flache Wasser zum Waldrand watete.
»Den schnappen wir uns!« Marie setzte sich in Bewegung.

Kim folgte ihr. Bei der Bühne kümmerten sich schon genug Leute um das Feuer. Die dunkle Gestalt hatte schon das Ufer erreicht – und zwar auf der Waldseite, jenseits des Zauns, der das Gelände abgrenzte und das Festival vor ungebetenen Besuchern schützte. Marie und Kim mussten sich erst an dem Zaun vorbeidrängen und durch das Schilf klettern. Es kostete sie wertvolle Sekunden. Aber dann standen sie auf dem weichen Waldboden. Kim blinzelte. Im Wald war es mittlerweile richtig duster.

»Da!« Zwischen den Bäumen konnte Marie gerade noch so eben die Umrisse eines Menschen erkennen.

Sie sprang über eine Wurzel und hastete durchs Unterholz, Kim war ihr dicht auf den Fersen. Äste knackten. Über ihnen schreckte ein Vogel auf, doch sie achteten kaum auf ihre Umgebung. Die Gestalt rannte vom See weg. Marie erinnerte sich, dass es irgendwo am anderen Ende einen alten Steinbruch gab. Eine steile Felskante führte in einen breiten Krater, in dem früher Bagger und Radlader gearbeitet hatten. Es war verboten, die Abbruchkante zu betreten. Dort konnten sich leicht Steine und Erde lösen. Marie wusste nicht, wie weit der Steinbruch noch war. Im dunklen Wald konnte sie nur schwer die Entfernung abschätzen. Die Gestalt tauchte hinter einem Gebüsch ab. Marie musste einem Felsbrocken ausweichen. Kim sprintete keuchend an Marie vorbei.

»Vorsicht!«, rief Marie, als ihre Freundin das Gebüsch erreicht hatte. Doch zu spät. Kim schrie auf. Dann verschwand sie vom Erdboden.

Maries Herz klopfte spürbar in ihrer Brust. »Kim!«

Es kam keine Antwort.

Undercover

Eilig krabbelte Marie zu dem Gebüsch. Dahinter befand sich der Abhang des Steinbruchs. Ganz unten konnte Marie die dunkle Gestalt entdecken. Sie rannte in Richtung der Straße davon.

»Kim!« Marie beugte sich vor. Ein paar Meter weiter unten lag Kim auf einem Felsvorsprung. Marie kletterte zu ihr hinunter. Jetzt hämmerte ihr Herz so stark, dass es wehtat. Mit zitternden Händen fasste sie ihre Freundin an den Schultern.

»Marie?« Kim blickte langsam zu ihr auf. Weißer Steinstaub bedeckte ihr Gesicht und ihre Haare. Eine blutige Schramme zog sich über ihre linke Wange.

»Alles okay?«, fragte Marie mit brüchiger Stimme. Kim sah furchtbar aus. Hoffentlich hatte sie keine Gehirnerschütterung!

Doch Kim setzte sich bereits wieder auf. »Er ist mir entwischt.«

Marie hielt ihre Freundin fest. »Langsam! Nicht, dass du mir gleich umkippst. Ist dir schlecht oder schwindelig?«

Kim fasste sich an den Kopf. »Nein. Mein Rücken tut weh und meine Hände auch.« Sie hob ihre Handflächen.

Im Zwielicht sah Marie, dass sie aufgeschürft waren.

»Ich habe den Halt verloren und bin abgerutscht«, erklärte Kim. »Dabei bin ich von dort oben bis hier hinunter am Fels entlanggeschrammt. Aber ich konnte mich dann festhalten und den Sturz abbremsen.« Sie ächzte. »Der Typ muss ein paar Meter weiter über den Hang geklettert sein.«

»Das ist jetzt nicht so wichtig.«
»Hast du gesehen, wer es war?«
»Leider nicht. Aber ich würde auf einen Mann oder einen großen Jungen tippen«, sagte Marie. »Von der Statur her könnte es Rohloff gewesen sein. Aber dieser Moppe ist auch ziemlich groß.«
»Die Jungs von *FDH* sind alle recht groß«, stöhnte Kim. »Und bei der Festival-Crew gibt es auch mehrere Männer. Wir sind also keinen Schritt weiter.«
»Und wir haben den Rückweg durch die Dunkelheit noch vor uns. Wir sollten lieber den Umweg über die Straße nehmen, statt noch einmal die Felswand hochzuklettern. Wir sind ja fast schon unten.«
Kim blickte erst hinauf, dann hinab und nickte dann matt.
Als sicher war, dass Kim aufstehen konnte, kletterten sie vorsichtig bis zum Boden des Steinbruches. Ein blasser Mond stieg über den Wipfeln auf und ließ den Fels gespenstisch leuchten. Sie folgten dem Weg, der zur Straße führte. Von dort aus ging es immer weiter bergauf. Sie mussten den halben See umrunden, um wieder beim Haupteingang des Festivals anzukommen. Doch der Haupteingang war bereits geschlossen. Kim wollte sich schon erschöpft auf einen Stein sinken lassen, als ein Auto vorfuhr.
Marie blinzelte ins Licht der Scheinwerfer. Dann lachte sie. »Das ist mein Papa!«
Es dauerte noch eine Weile, bis die drei !!! im Auto saßen. Franzi hatte in der Zwischenzeit mehrere Nachrichten an ihre Freundinnen verschickt und mit Nike, Luke und Solveig den Wald abgesucht. Sie war sichtlich erleichtert, als sie ihnen ant-

worteten. »Hab mir schon Sorgen gemacht! Komme sofort zu euch! Lauft nicht wieder davon!«
Herr Grevenbroich holte unterdessen eine Tasche aus dem Wagen. »Seit Finn in den Kindergarten geht, sind wir perfekt ausgerüstet!« Er öffnete eine Plastikdose mit Wundspray, Schere, Mullbinden und Pflastern. »Möchtest du lieber Pflaster von den Turbo-Dinos oder von Feuerwehrmann Olaf?«
»Feuerwehrmann Frank«, korrigierte Marie. Sie half ihrem Vater, die Pflaster auf die richtige Größe zu schneiden und Kim zu verarzten.
»Ihr seht vielleicht aus«, bemerkte Franzi, als sie zu ihnen stieß. »Habt ihr euch im Steinbruch gewälzt?«
»Das ist Gipsstein.« Kim sah an sich hinunter. Ihre Kleider waren tatsächlich von oben bis unten mit weißem Staub bedeckt.
Marie stöhnte. »Meine Schuhe sind ruiniert!«
»Das ist gut«, sagte Kim mehr zu sich selbst als zu ihren Freundinnen.
»Von wegen«, schnaubte Marie. »Ich liebe diese Sandalen!«
Kim schüttelte den Kopf. »So habe ich das nicht gemeint. Es ist gut, dass der Steinstaub so hartnäckig ist. Der Täter ist doch mitten durch den Steinbruch geflohen. Er müsste ebenfalls schmutzige Kleidung haben und verdreckte Schuhe.«
»Kleidung und Schuhe kann man wechseln«, gab Franzi zu bedenken.
»Aber im Auto hinterlässt der Dreck ebenfalls Spuren.« Kim gab nicht so leicht auf. »Es ist zumindest ein Anhaltspunkt.«
Herr Grevenbroich räusperte sich. »Worum geht es hier eigentlich?«

»Um ein Krimi-Spiel«, sagte Marie schnell. »Wir haben eine Schatzsuche im Wald gemacht. Aber dann ist Kim abgestürzt.«
»So war es!«, bekräftigten Franzi und Kim.
»Soso. Eine Schatzsuche? Und das soll ich euch glauben?« Herr Grevenbroich packte den Verbandskasten wieder in die Tasche. »Nun denn. Ich bin ein gutgläubiger Vater.« Er zwinkerte Marie zu. »Dann steigt mal alle ein. Helmuts Taxidienst bringt euch nach Hause.«

<u>Detektivtagebuch von Kim Jülich</u>
<u>Montag, 22:30 Uhr</u>
Brandstiftung! Auf dem Festival-Gelände! Jemand hat vom Wasser aus an der Bühne Feuer gelegt und ist dann in den Wald geflohen. Marie und ich haben die Verfolgung aufgenommen. Aber leider bin ich am Steinbruch abgestürzt. Ich hatte richtig Glück im Unglück. Aber natürlich hat meine Mutter Stress gemacht. Allein schon wegen der schmutzigen Hose. Ich kann froh sein, dass sie mir keinen Hausarrest gegeben hat. Mir brummt noch immer der Kopf. Von dem Sturz und von ihrer Strafpredigt. Dabei bin ich nicht mal eine Stunde zu spät nach Hause gekommen und sie kennt auch nur die Geschichte mit der Schatzsuche im Wald. Eltern! Wobei Herr Grevenbroich echt klasse war. Ohne ihn hätten wir noch eine halbe Ewigkeit mit dem Bus fahren müssen.
Marie meinte vorhin im Auto, dass sie eine Idee hat, wie wir an Informationen kommen. Sie wollte aber nichts verraten. Ich bin gespannt, was sie vorhat.

Geheimes Tagebuch von Kim Jülich
Montag, 22:38 Uhr
Wage es nicht, mich zu erzürnen! Dieses Tagebuch ist streng geheim und ich bin echt mies drauf! Meine Rache wird dementsprechend gemein ausfallen!
Eigentlich wollte ich heute noch ein paar Seiten schreiben. Aber mir ist der Spaß vergangen. Erst der Sturz im Steinbruch und jetzt auch noch das neue Kapitel von David. Alles steuert auf eine Liebesszene zwischen zwei Hauptcharakteren hin. Ich meine, so eine richtige Liebesszene mit leidenschaftlichen Küssen und all dem Kram. Ich könnte natürlich schreiben, dass ein Zauberer einen Fluch ausspricht und sie sich deshalb nicht berühren können. Aber dann denkt David, dass ich zu feige bin. Liebesszenen sind nämlich sehr schwer zu schreiben. Sätze wie »Er knutschte sie voll auf den Mund und sie fand es gut« gehen zum Beispiel gar nicht.
Die Bücher von Jens-Dieter Rohloff habe ich David leider schon wieder zurückgegeben. Da gibt es ganz dramatische Liebesszenen auf verlassenen Planeten. Mit einem Kuss nach dem nächsten. Aber in meinem Regal stehen hauptsächlich Krimis. Miss Marple ist in Liebesdingen ja doch eher zurückhaltend. Morgen werde ich mal in der Bücherei nach Lesestoff suchen. Die haben fast alles.
Themenwechsel!!! Franzi ist immer total müde und sieht aus wie ein Zombie. Sie chattet jede Nacht mit Blake. Wenn die Schule wieder losgeht, hat sie definitiv ein Problem. Ich weiß echt nicht, wie sie das aushält!

»Ich habe heute eine Verabredung!« Marie strahlte, als sie am Dienstag in der Theaterpause zum Stand von Tessa kam.

Heute halfen Kim und Franzi Maries Stiefmutter beim Aufbau der Verkaufsbude. Da Tessa gerade auf der Toilette war, konnten sich die Mädchen ungestört austauschen.
»Mit Holger?«, fragte Franzi.
»Nein. Aber der hat wenigstens eine Nachricht geschrieben«, sagte Marie.
Holger hatte sich am Vorabend tatsächlich noch gemeldet. Er hatte vergessen, sein Handy aufzuladen, und das erst beim Training bemerkt. Marie hatte ihm verziehen und sie wollten sich so bald wie möglich treffen.
»Heute Abend schaue ich mir die Bandprobe von *FDH* an und gehe danach mit den Jungs etwas essen.«
»*FDH*?«, wiederholte Kim ungläubig.
»Ja.« Marie strahlte. »Fabian hat mir heute gesagt, dass ich total schön singe. Er kann gar nicht verstehen, dass ich es nötig habe, bei so einem Theaterstück mitzumachen. Ich habe ihm dann erzählt, dass Solveig mich mobbt, weil sie eifersüchtig auf mein Aussehen ist.«
Franzi starrte Marie an. »Du machst Scherze.«
»Nein. So war es wirklich.« Marie warf ihre langen, blonden Haare über die Schulter. »Ich treffe mich mit den Jungs. Und zwar als Undercover-Agentin! Das gehört alles zum Plan. Die kaufen mir doch total ab, dass ich Solveig und ihre Freunde blöd finde. Und sie wollen, dass ich für sie singe. Fabians Freundin hat bei einem Lied einen Part gesungen. Aber jetzt ist sie seine Ex und will nichts mehr mit der Band zu tun haben.« Sie deutete auf ein Plakat mit einem gelben Shirt, auf dem »Just Bee yourself!« stand. Darüber prangte eine kleine Biene. Es stammte aus der Bienen-Kollektion von Tessa. Beim

Verkauf eines Shirts ging ein Teil der Einnahmen an eine Naturschutzorganisation. »Das passt übrigens auch total gut zu *#echtschön!*. Sei einfach du selbst.«

»Lenk nicht ab!«, knurrte Franzi. »Du willst dich echt mit den Jungs von der Band treffen? Die sind nicht nur gemein zu den Theaterleuten, sondern auch zu ihrem eigenen Schlagzeuger. Und dann singst du noch ihre Texte!«

»Wer sagt denn, dass ich das singe, was sie wollen? Texte kann man schließlich auch umdichten.« Marie sah Kim herausfordernd an. »Das wäre doch ein kreativer Job für dich!«

»Mal sehen«, brummte Kim.

»Habt ihr eigentlich jemanden mit dreckigen Hosen oder Schuhen gesehen?«, wechselte Marie das Thema.

»Leider nicht«, sagte Franzi enttäuscht. »Wir haben auf dem Parkplatz in alle Autos geschaut. Keine verräterischen Spuren.«

»Allerdings ist Herr Rohloff heute noch nicht da«, meinte Kim. »Er ist unser neuer Hauptverdächtiger, da er von der Statur her passen würde und ein Motiv hat. Außerdem war er gestern zur Tatzeit auf dem Gelände.«

»Und falls es doch ein Junge von *FDH* war, wäre der sowieso mit dem Fahrrad geflohen. Die sind alle noch zu jung für einen Führerschein«, fügte Franzi hinzu.

Tessa kam zum Stand zurück. Sie hielt ihr Handy in der Hand und sah besorgt aus.

»Alles klar?«, fragte Marie ihre Stiefmutter.

»Ich bin mir nicht sicher«, antwortete Tessa unschlüssig. »Lina hat mir geschrieben, dass sie zum Abendessen bei Anouk bleibt.«

Marie hatte plötzlich eine Ahnung, was Tessa so beschäftigte. Es ergab alles einen Sinn: Linas Verhalten in der Küche, ihr Rückzug und die Tatsache, dass sie nicht mehr mit den Grevenbroichs essen wollte. »Du hast Angst, dass sie magersüchtig werden könnte, stimmt's?«

Tessa holte tief Luft. »Heute früh waren alle Weintrauben weg, die ich gekauft hatte. Gestern waren es die Bananen. Als ich Lina darauf angesprochen habe, wollte sie nicht mit mir reden. Und sie hat das Mittagessen komplett abgelehnt.«

»Aber Lina braucht doch keine Diät!«, entfuhr es Franzi.

»Ganz im Gegenteil«, fügte Kim hinzu. »In ihrem Alter ist Hungern doch viel zu gefährlich.« Sie biss sich auf die Lippe, als sie Tessas Reaktion bemerkte. Maries Stiefmutter sah nun noch besorgter aus.

»Lass mich mit ihr sprechen«, schlug Marie vor. »Vielleicht kann ich ihr helfen.«

Auf dem Weg zur Bühne wurde Marie von Fabian eingeholt. Er drückte ihr ein Blatt Papier in die Hand. »Ich habe dir im Büro von meinem Vater die Noten und den Text kopiert.«

»*Auf den ersten Blick*«, las Marie laut vor.

»Das ist unser Top-Song!«, prahlte Fabian. »Meine Ex wird Gift spucken, wenn du auf der Bühne stehst. Sie sieht nicht halb so gut aus wie du.«

»Danke«, sagte Marie und strahlte. Zumindest hoffte sie, dass es so rüberkam. Es kostete sie einige Mühe, herzlich zu wirken. »Ich freue mich schon riesig auf den Auftritt! Zu blöd nur, dass ich das Theaterstück nicht absagen kann. Mein Vater will unbedingt, dass ich mitmache.«

»Dein Vater ist ein echter Promi, oder?« Fabian sah Marie tief in die Augen. »Der Star der *Vorstadtwache.*«
»He, Barbie!«, rief Solveig, ehe Marie antworten konnte. »Du bist schon wieder zu spät.«
»Ich gehe lieber«, meinte Fabian. »Den Anblick kann ich echt nicht ertragen.«
Solveig tat so, als würde sie ihn nicht hören. Sie verstaute eine Brotbox in ihrem Rucksack.
»Dein Anhänger ist weg«, stellte Marie fest. »Das Herz aus Stoff.«
Solveig sah auf. Ihr Blick war noch feindseliger als sonst.
»Geht dich das etwas an?« Solveig stand auf und warf den Rucksack achtlos auf den Boden.
»Ich habe dir nichts getan!« Marie funkelte das Mädchen an.
Solveig stemmte die Hände in die Hüften. »Du bist eine oberflächliche, verwöhnte, angeberische Kuh, die sich in den Vordergrund drängt, sich in alles einmischt, den Jungs die Köpfe verdreht und noch dazu alles bekommt, was sie will. Reicht das nicht? Abgesehen davon ist jeder Freund von *FDH* automatisch mein Feind!«
Marie schluckte. Ihr erster Impuls war, sich zu verteidigen. Sie wollte Solveig sagen, dass sie nicht oberflächlich war und keine Angeberin. Sie stand einfach gern auf der Bühne, aber sie wollte doch nicht besser sein als die anderen, oder? Und mit *FDH* war sie nicht befreundet. Das war alles nur Tarnung. Das durfte sie jedoch auf keinen Fall laut aussprechen.
»Wenn du das denkst, wird es wohl stimmen«, sagte Marie matt. Dann wandte sie sich ab. Sie würde nicht zugeben, wie sehr sie diese Worte verletzt hatten.

Künstler-Alarm

»Saturn!«, brüllte Jens-Dieter Rohloff ins Mikro. Ein Stroboskop warf zuckende Lichtblitze auf die Zeltwände.
Fabian lachte. Er saß neben Marie. Die drei !!! waren gemeinsam mit den Jungen von *FDH* zu der öffentlichen Probe im Veranstaltungszelt gegangen. Marie schaffte es, sich nichts anmerken zu lassen. Kim und Franzi hingegen mussten sich sehr bemühen, freundlich zu sein. Besonders, nachdem Hannes Kim als »süßes Teilchen« bezeichnet hatte. Daher saßen Franzi und Kim jetzt auch ganz außen. Das war sowieso strategisch klug. Fabian, Hannes und Damian bewarfen Moppe mit Paprikachips und Marie bekam hin und wieder eine Ladung davon ab.
»Saturn!«, brüllte der Autor ein zweites Mal. Es zischte. Weißer Nebel stieg auf. »Saturn!«
Marie fegte sich ein paar Krümel von ihrem Rock und blickte dann wieder auf die Bühne. Jens-Dieter Rohloff trug einen silbernen Umhang und farblich passende Schuhe. Damit war er garantiert nicht durch den Steinbruch geflohen. Leider waren auch keine verräterischen Spuren in seinem Auto gewesen. Aber das hatte nichts zu bedeuten. Steinstaub konnte man schließlich an jeder Tankstelle mit einem Staubsauger entfernen. Die Mädchen hatten den Wagen eine Stunde zuvor ohne Probleme identifiziert. An der Heckscheibe befand sich ein Aufkleber mit den Worten *Bestseller on Tour*.
»Töne aus Licht schwangen in der eisigen Luft. Nasses Silber auf brodelndem Grün. Der Prinz streckte seine Hand aus und

berührte Ella an der Wange«, las Rohloff mit belegter Stimme. Er beugte sich näher an das Mikrofon heran. Ein Fiepen erklang aus den Lautsprechern. Rohloff ächzte und rückte wieder ab, um das unerwünschte Feedback zu beenden. »Sie war schön. Ja, wunderschön. Schöner als die ewige Morgendämmerung auf Dawnos. Ihre Haut schimmerte wie Tautropfen im Sternenlicht. Ihre Augen strahlten mit den zwölf Sonnen von Solonium um die Wette und ihre langen Haare wehten majestätisch um ihre schmalen Schultern. Nicht einmal die dunklen Einhörner aus der kalten Ebene hätten neben dieser Schönheit bestehen können. Es tat weh, sie aus der Nähe zu sehen! Ihre Schönheit war beinahe unerträglich! So, als müsste der, der sie sah, tausend Tränen der Sehnsucht vergießen, zerspringen und für immer verglühen.«

Fabian gähnte. Hannes warf eine weitere Hand voller Chips auf Moppe. Der lachte laut.

»Er sah sie an und sagte … äh …« Jens-Dieter Rohloff hatte die Zeile verloren. Erbost sah er auf. »Ruhe bitte!«

»Er sagte: ›Ruhe bitte‹«, echote Hannes.

»Warum sagt der Prinz das nur?«, rief Damian.

Fabian prustete los.

Jens-Dieter Rohloff stand auf. »Verlasst bitte sofort dieses Zelt! Ich bin nicht gewillt, eine hochkarätige Liebesszene vor Teenagern zu lesen. Ich bin Künstler, kein Entertainer für Banausen.«

»Hey, ich will aber noch wissen, was die Saturn-Prinzessin unter dem Umhang trägt!«, rief Damian.

Hannes schlug einen Akkord auf einer imaginären Luftgitarre. »Und wir sind auch Künstler!«

»Raus!«, herrschte Jens-Dieter Rohloff seine jungen Zuhörer an.
»Schon gut. Wir stehen eh nicht auf diesen Scifi-Kram«, verkündete Fabian.
Die Jungen drängten sich zwischen den Stuhlreihen hindurch, begleitet von einem Regen aus Chips.
»Verzeihen Sie bitte«, sagte Kim zu dem Schriftsteller, bevor sie ebenfalls mit ihren Freundinnen das Zelt verließ.
Jens-Dieter Rohloff räusperte sich ins Mikrofon. Ein Beamer projizierte einen Kometen an die Zeltwand.
»Saturn!«, brüllte Fabian, als sie im Freien waren. »Saturn!«
Hannes zerknüllte die leere Chipspackung und warf sie nach Moppe, der ununterbrochen lachte.
»Ich hätte die Szene gern gehört«, meinte Kim.
»Echt?«, fragte Franzi zweifelnd. »David hat doch bestimmt das Buch. Du kannst es dir ausleihen und ganz ohne Showeffekte lesen.«

Als Marie am Abend in die Villa kam, war es schon kurz nach sieben. Sie war mit den Jungs von *FDH* in einem Hähnchengrill in der Fußgängerzone gewesen. Ganz vorsichtig hatte sie das Thema Sabotage angeschnitten, aber gerade, als die Jungs etwas sagen wollten, waren Schulkameraden von ihnen aufgetaucht. Danach hatten sie sich nur noch über eine Mitschülerin amüsiert, die angeblich einen Oberlippenbart hatte. Marie war geblieben und hatte so getan, als ob sie die Gespräche interessant und lustig fände. Es war jedoch eine grandiose Pleite gewesen. Sie hatte einen Abend mit Holger geopfert, ihre Haare rochen nach Hähnchen und die drei !!! waren keinen

Schritt weiter. Es schien, als würden sie ein ungreifbares Phantom jagen. Die Ermittlungsschritte führten alle ins Nichts.
Aber sie würde den Abend wenigstens nutzen, um Lina zu helfen. Tessa war losgefahren, um sie bei Anouk abzuholen. Etwas Zeit blieb also noch. In Linas Zimmer steuerte Marie als Erstes den Papierkorb unter dem Schreibtisch an. Vielleicht fand sie die Schalen der fehlenden Bananen oder die Stiele der Weintrauben. Erstaunt zog sie Linas heiß geliebte Wildledertasche aus dem Müll. Es war eine hübsche Tasche mit Fransen und bunten Perlen. Und sie war offensichtlich noch heil. Marie konnte keine Risse oder Flecken entdecken. Ratlos wühlte Marie weiter. Im Papierkorb befanden sich die Überreste von sechs Äpfeln und zwei Bananenschalen. Also hatte Lina sie doch genommen! Außerdem gab es ein Magazin, aus dem einzelne Worte ausgeschnitten waren. Wie bei einem Drohbrief!, dachte Marie. Etwas stimmte hier nicht!
Marie eilte zum Schank und öffnete die Türen. Ein Pullover fiel ihr entgegen. Lina war nicht gerade ordentlich mit ihren Sachen. Marie überkam ein schlechtes Gewissen. Sie hätte es Lina nie verziehen, wenn die in ihren Schränken und Schubladen gestöbert hätte. Marie hob den Pullover auf und stopfte ihn zurück in das Regal, aus dem er rausgefallen war. Es knisterte. Eine Chipspackung! Wie passte das mit einer Diät zusammen? Es gab natürlich auch Fälle, bei denen die Mädchen abwechselnd hungerten und dann wieder heimlich große Mengen an Essen verdrückten. Im schlimmsten Fall erbrachen sie sich danach. Das konnte ernste Folgen haben.
»Was machst du in meinem Zimmer!« Lina war mit wenigen Schritten bei Marie.

Marie zuckte zusammen. So schnell hatte sie nicht mit ihrer Stiefschwester gerechnet.
»Du hast mein petrolfarbenes T-Shirt genommen«, verteidigte sie sich schnell.
»Habe ich nicht!«, fauchte Lina.
»Und wo ist es dann bitte schön?«
»In der Wäsche?«
»Da ist es nicht!«, gab Marie zurück. Dabei befand sich das T-Shirt tatsächlich gerade im Wäschekorb. Hoffentlich kam Lina nicht auf die Idee, nachzusehen. Doch die Sorge war unbegründet.
»Ist mir auch egal!« Lina wollte die Schranktüren zuschlagen.
Marie reagierte sofort und griff nach den Chips.
»Das sind meine!« Lina riss ihr die Packung aus der Hand.
»Warum hortest du Chips in deinem Schrank?«
»Ich hatte eben Bock darauf. Ist das strafbar?«
»Du hast nicht mit uns gefrühstückt und du wolltest auch nichts von Tessas Mittagessen!«
»Und?«, fragte Lina genervt. »Willst du jetzt Anzeige erstatten? Oder bist du von der Chipspolizei?«
»Ich meine ja nur …«, fing Marie an.
»Ich habe bei Anouk gegessen. Da schmeckt es mir besser.« Lina knallte die Schranktür mit Schwung zu.
»Bist du auf Diät?«, wollte Marie wissen.
»Bist du blöd?«, gab Lina zurück.
»Lina!«
»Gib es zu: Du steckst mit Mama unter einer Decke. Die nervt nämlich auch schon rum.«

»Wir machen uns eben Sorgen.«
»Sorgen?«, echote Lina. Sie verschränkte die Arme.
»Wirklich«, bekräftigte Marie.
»Mach dir lieber Sorgen um Holger. Den haben Anouk und ich heute mit einem anderen Mädchen bei der Eisdiele gesehen.«
»Na und? Die Leute vom Parkour-Team gehen doch total oft zusammen zum Eiscafé. Das liegt ganz in der Nähe vom Trainingsgelände.«
»Sie haben sich super unterhalten«, sagte Lina.
»Und wenn schon. Das Thema Diät ist noch nicht erledigt.« Marie rauschte zur Tür.
»Hundert Punkte in der Kategorie ›Blöde Mutti-Sprüche‹!« Lina lachte. Es klang jedoch nicht fröhlich. »Dabei bist du nicht meine Mutter. Du bist noch nicht einmal meine echte Schwester.«
Das saß. Erst die Vorwürfe von Solveig und jetzt auch noch die Gehässigkeiten von Lina. Marie brauchte dringend einen Rückzugsort. Außerdem musste der Geruch von Grillhähnchen aus ihren Haaren verschwinden. Sie entschied sich für ein »Blue Ocean«-Pflegebad mit Meersalz, eine Haarmaske und Kerzen mit einem zarten Duft von Kokos und Zitronengras.
Als das Wasser in die Wanne lief und sich die ersten Schaumberge bildeten, entspannte sich Marie etwas. Solveig und Lina wussten ja gar nicht, wovon sie sprachen! Marie war nicht oberflächlich und Holger hatte kein Interesse mehr an Selma. Er wollte mit Marie zusammen sein. Dessen war sie sich ganz sicher. Unsicher war sie nur, was die Gründe betraf. Marie war

hübscher als Selma. Hatte das schon gereicht, um Holger zu überzeugen?

Nach der Wellness-Stunde im Bad zog Marie ihren Schlafanzug an, setzte sich in ihr Zimmer und legte Karten, bis es dunkel wurde.

Detektivtagebuch von Kim Jülich
Dienstag, 20:25 Uhr

Wir sind in unserem Fall leider nicht weitergekommen. Heute gab es auch keine Zwischenfälle. Die Proben verliefen ereignislos. Marie ermittelt dafür jetzt undercover bei FDH. *Die Arme! Aber die Idee ist gut. Die Jungs gehören schließlich zu unseren Hauptverdächtigen.*

Jens-Dieter Rohloff bleibt auch auf der Liste der Verdächtigen. Ich habe zusätzlich die Schauspielerinnen überprüft, die sich für die Rolle der Saturn-Prinzessin beworben haben. Liane Hellwig dreht gerade einen Film in Südafrika und Nora Larson ist so zierlich und klein, dass sie nicht einmal in einer ausgestopften Jacke und groben Stiefeln so aussehen würde wie der Brandstifter. Die Frauen könnten natürlich Hilfe haben. Aber müssten sie sich dann nicht auch gegenseitig sabotieren? Außerdem würde es doch mehr bringen, die Konkurrenten kurz vor dem Dreh auszuschalten. Zum Beispiel durch einen Unfall. Mit ein paar Sabotage-Aktionen richten sie doch nicht viel aus.

Die Fingerabdrücke auf dem braunen Umschlag waren übrigens tatsächlich alle von Michelle. Der Absender muss Handschuhe getragen haben. Braune Umschläge in C4 mit selbstklebender Lasche kann man überall im Bürobedarf kaufen. Das hilft uns also auch nicht. Es ist wie verhext! Zu allem Übel ist Franzi heu-

te fast im Stehen eingeschlafen. Sie hat bis drei Uhr morgens mit Blake gechattet. Wenn ihre Eltern das mitbekommen, nehmen die ihr noch den Computer weg!
Ich hoffe, dass uns wenigstens Maries Einsatz voranbringt. Ich würde eingehen, wenn ich länger als eine halbe Stunde mit Fabian und seinen Freunden an einem Tisch sitzen müsste!

Geheimes Tagebuch von Kim Jülich
Dienstag, 20:36 Uhr
Keinen Schritt weiter! Das ist ein geheimes Tagebuch. Mein Atem aus Feuer wird deine Neugier verbrennen und dich in die Wüste des ewigen Schweigens verbannen!
Die Bücherei hatte heute geschlossen. Dafür habe ich mir am Kiosk einen Heftroman gekauft: »Heiße Küsse unter Palmen«. Es geht darin um eine Krankenschwester, die in die Karibik auswandert, weil sie von ihrem Verlobten betrogen wurde. Dort lernt sie den gut aussehenden Dr. Petzold kennen. Sie schwärmt in jedem zweiten Absatz von seinen muskulösen Armen und seinem markanten Kinn. Auf Seite 30 rettet er die Krankenschwester und küsst sie, bis sie fast besinnungslos ist. Das liegt aber nicht an seinem schlechten Atem, sondern an seiner männlichen Ausstrahlung. Sie wälzen sich im Sand herum und er zerwühlt ihr die schönen blonden Haare. Zum Glück wird der Arzt zu einem Notfall gerufen. Sonst wäre die gute Krankenschwester doch noch in Ohnmacht gefallen. Mit einer total zerstörten Frisur.
Meiner Geschichte hilft das nicht weiter. Meine Helden werden nicht im intergalaktischen Sand herumliegen wie zwei panierte Schnitzel! Ich glaube, ich muss aufgeben. Soll David doch die Szene schreiben!

Dafür kümmere ich mich lieber um den Songtext für Marie. Das Lied von FDH *heißt* Auf den ersten Blick. *Es geht um einen Jungen, der ein wunderschönes Mädchen sieht und sich in sie verknallt, bevor sie auch nur ein Wort gewechselt haben. Da fallen dann echt Sätze wie »So wie du ist keine! Du bist Beauty total! Deine schlanken Beine, die sind phänomenal!« Kein Scherz. Das steht wirklich auf dem Blatt, das Fabian Marie gegeben hat.*

Die Jungs dürfen garantiert nur beim Festival auftreten, weil Fabians Vater da so etwas wie der Chef ist. Aber wir werden es FDH *nicht leicht machen.*

Ich habe über das Thema Liebe nachgedacht. Bei David war es zum Beispiel gar nicht Liebe auf den ersten Blick. Ich musste ihn erst kennenlernen. Meine Gefühle sind langsam gewachsen, wie eine Pflanze. Und David ist für mich mit jedem Treffen und jedem Gespräch schöner geworden. Beauty total. He, wir sind alle Beauty total! Oder #echtschön!.

Ich glaube, ich fange gleich mal mit dem Text für das Lied an.

Ein Blick in die Zukunft

»Gute Nachrichten!« Michelle strahlte Marie an.
Marie strahlte zurück. »Du hast den Briefeschreiber gefasst?«
»Nein, leider nicht.« Jetzt schaute Michelle nicht mehr ganz so glücklich. »Heute früh klemmte ein Zeitungsausschnitt unter dem Scheibenwischer meines Autos. Es war ein Artikel über Liposuktion.«
»Und das ist gut?«, fragte Marie erschrocken. »Was ist das überhaupt?«
»Ein Eingriff in der Schönheitschirurgie«, erklärte Michelle. »Fett absaugen.«
»Das ist gemein!«
»Ich bin, wie ich bin«, erklärte Michelle. »Ich ernähre mich ausgewogen, aber ich zähle keine Kalorien, und ich gehe zum Sport, weil es mir Spaß macht. Ich könnte vielleicht ein paar Kilo weniger wiegen, aber meine Beine wären nie dünn. Das ist bei mir eine besondere Veranlagung – ein Lipödem.« Sie klopfte sich sanft auf die Außenseiten ihrer Oberschenkel. »Das könnte durch radikale Diäten sogar noch schlimmer werden. Wenn ich meine Figur ändern will, muss ich schon zu härteren Mitteln greifen.«
»Fett absaugen«, sagte Marie tonlos.
»So ist es.« Michelle sah zu Boden. »Ehrlich gesagt habe ich schon darüber nachgedacht. Aber die Vorstellung ist schrecklich. Ich würde das nur machen, wenn es medizinische Gründe dafür gibt. Bestimmt nicht für meine Karriere. Es gibt schließlich auch andere Rollen als die der überirdischen Schönheit.«

»Da hast du recht«, meinte Marie. »Aber was ist denn jetzt die gute Nachricht?«
Michelles Gesichtsausdruck wurde wieder fröhlicher. »Die Wahrsagerin hat heute ihr Zelt aufgebaut! Und stell dir vor, sie verschenkt heute drei Zukunftsdeutungen. Ich habe uns beide sofort auf der Liste eingetragen.«
Marie staunte nicht schlecht. »Meinst du, wir kommen dran?«
»Tada!« Michelle hielt zwei goldene Sterne aus Papier hoch. »Die Gutscheine habe ich eben von der Dame bekommen. Wir können in der Pause um 11:30 Uhr zu ihr gehen. Wenn es nicht geklappt hätte, wäre ich sowieso beim Festival hingegangen. Ich wollte schon immer mal zu einer Kartenlegerin.«
»Ich finde das auch sehr spannend«, meinte Marie. »Aber weshalb verschenkt die Wahrsagerin Legungen?«
»Werbung. Man soll ihr eine gute Bewertung auf der Website des Festivals geben«, gab Michelle zu.
»Ah, so läuft das also.« Marie grinste. »Wir bekommen eine Zukunftsdeutung und dürfen danach einen erhobenen Daumen und einen begeisterten Kommentar posten – und das Ganze dann auch noch schön im Internet verlinken.«
Michelle nickte. »Das ist ziemlich genau der Deal. Kommst du trotzdem mit?«
Marie musste nicht lange überlegen. »Ich brauche gerade dringend einen Blick in die Karten. Und wenn die Dame was kann, gebe ich ihr auch gern eine gute Bewertung.«

»Immer herein! Ich beiß schon nicht!«
Marie trat ins Dunkel des kleinen Zelts. Eine silberne Spirale mit einer roten Glaskugel hing von der Decke. Es roch nach

Duftstäbchen und feuchtem Gras. Auf einem kleinen Kasten stand eine Salzkristalllampe, die ein mattes rötliches Licht auf die Wahrsagerin und ihren Kartentisch warf.

»So, ich bin die Uschi. Und wie heißt ihr Süßen?«

Marie hatte sich eine echte Wahrsagerin doch etwas anders vorgestellt. Uschi hatte eine blonde Dauerwelle, die vermutlich seit über zwanzig Jahren nicht mehr in Mode war. Man sah ihr deutlich an, dass sie Dauergast im Solarium war. Ihr rundlicher Oberkörper steckte in einem T-Shirt, auf das ein Yorkshireterrier und die Worte »Yorkie Power!« gedruckt waren. Auf jeden Fall hatte Uschi so gar nichts Mysteriöses oder Geheimnisvolles an sich.

»Wir sind Michelle und Marie«, sagte Michelle, während sie auf einem der Besucherstühle Platz nahm.

»Keine Angst.« Uschi griff zu den Karten.

Marie stellte fest, dass es ein Lenormand-Deck war.

»Das ist keine dunkle Magie, sondern ganz praktische Lebenshilfe. Ich lag noch nie daneben. Egal ob Liebe, Beruf oder Schule, ich sage euch, was läuft und worauf ihr achten müsst.« Sie begann, die Karten zu mischen. Dann sah sie Michelle herausfordernd an. »Willst du starten?«

»Äh, ja.«

»Kennst du Lenormand?«

Michelle schüttelte den Kopf. »Nur Tarot. Und das auch nur ein bisschen.«

»Kein Problem. Mach einfach mit. Konzentriere dich auf deine Fragen und gib mir ein *Stopp*.« Die Karten flogen förmlich durch Uschis gebräunte Finger. »Alles paletti?«, fragte sie, als Michelle mit dem *Stopp* auf sich warten ließ.

»Klar. Also: Stopp!«
Uschi legte in einem Affenzahn die Karten aus. Immer neun in einer Reihe. Marie beugte sich vor, als Uschi die letzte Karte auslegte. Sie war gespannt auf die Deutung. Auf den ersten Blick wirkte das Kartenbild sehr erfreulich.
»Mensch, Mädchen«, sagte Uschi. Sie runzelte die Stirn. »Du musst echt was ändern!«
»Was denn?«, fragte Michelle erschrocken.
»Du bist ein hübsches Ding! Aber dir steht da so einiges im Weg.« Uschi musterte zuerst Michelle, dann wieder die Karten. »Ich sehe Gewichte, die dich zurückhalten. Du könntest fliegen wie der Storch hier«, sie tippte auf eine Karte. »Aber noch hängst du vor dem Berg fest. Das ist schlecht für deine Karriere. Und die Gewichte sind auch schlecht für deine Gesundheit.«
»Tatsächlich?«, krächzte Michelle.
»Die Veränderung ist gerade absolut karmisch«, erklärte Uschi. »Du bist an eine Wegkreuzung gekommen. Jetzt musst du dich entscheiden. Wenn du den Ballast abwirfst und dich anstrengst, wirst du Erfolg ernten. Außerdem könnte eine unerwartete Liebe in dein Leben treten.«
»Und was ist das nun für Ballast?«, fragte Michelle angespannt.
»Konkret heißt das, dass du mehr Sport machen musst. Ich sehe die Notwendigkeit für viel Bewegung. Schätzchen, ich fürchte, du musst etwas abnehmen. Für deinen Körper und für die Karriere!«
»Aber ich bin gesund!«, rief Michelle. »Meine Blutwerte sind gut, ich habe eine solide Kondition und ich esse vernünftig.«

Uschi sah auf. »Die Karten lügen nie. Siehst du diese Karte hier? Die musst du überwinden.«
»Ein Garten?«
»Es ist ein Park. Wichtiger ist jedoch die Nummer. Der Park ist die Karte mit der Zahl 20. Das spricht dafür, dass du ungefähr zwanzig Kilo abnehmen musst. Ich sehe, dass du dafür auch auf die Unterstützung von Ärzten setzen kannst.«
»Nein danke.« Michelle sackte förmlich in sich zusammen.
»Süße, es ist nur ein Hinweis«, sagte Uschi freundlich. »Du selbst musst die Entscheidungen treffen. Aber ich sehe, dass der andere Weg dich in den Verlust führt. Die Mäuse fressen dein Glück. Die Wolken zeigen ihre dunkle Seite und der Sarg deutet auf Stillstand und vielleicht sogar eine längere Krankheit hin.«
»Danke«, sagte Michelle tonlos.
Marie blickte skeptisch auf die Karten. Die Mäuse bedeuteten tatsächlich einen Verlust und der Berg ein Hindernis. Aber ihre Position im Kartenbild war unbedenklich. Die Mäuse lösten sich gerade auf und die Karte der Dame lag bereits hinter dem Berg. Das bedeutete, dass der Berg überwunden war. Es sah eher so aus, als würde Michelle die Öffentlichkeit oder ein Auftritt am Herzen liegen. Etwas stimmte hier nicht! Uschi sammelte unterdessen bereits wieder die Karten ein und mischte sie schwungvoll. »Jetzt du?«
»Gern.« Marie lächelte knapp. »Und … stopp!«
Ein paar Sekunden später lagen die Karten bereits offen auf dem Tisch. Marie war gespannt, wie Uschi die Lage deuten würde. Bei Michelle hatten die Zusammenhänge nicht mit dem übereingestimmt, was Marie über Lenormand wusste.

Entweder war Uschi keine echte Wahrsagerin oder sie gehörte seltsamerweise zu den Leuten, die Michelle unbedingt zu einer Diät bringen wollten.

»Zweifel«, sagte Uschi. »Dabei schaust du deinen Liebsten direkt an!«

Marie beugte sich erneut vor. Mann und Frau standen einander gegenüber. Sie liefen aufeinander zu.

»Der Junge liegt dir am Herzen«, sagte Uschi. »Das muss aber auch ein echter Schnuckel sein.«

Nachdem sie noch ein paar Dinge über die Liebe gesagt hatte, blickte sie auf andere Themen. Die Gesundheit ließ sie vollkommen aus. So hatte es Marie auch schon in einem Buch über Wahrsagen nachgelesen. Professionelle Wahrsager durften ihren Kunden keine Gesundheitsprognosen erstellen. Karten konnten schließlich keinen Arzt ersetzen. Uschi war inzwischen bei den Themen Schule und Familie angekommen. Nicht alles traf vollends zu, aber zumindest deutete sie die Karten richtig. Dieses Mal stimmten auch die Zusammenhänge.

»Das war es.« Uschi ließ den Kartenstapel in einer Schatulle verschwinden. »Denkt ihr dran, mir ein nettes Feedback zu hinterlassen?«

»Ich kann das gerne machen«, gab Marie zurück. »Aber für Michelle kann ich das nicht versprechen.«

»Ähm …«, machte Michelle.

»Sie kennen sich mit Lenormand aus«, verkündete Marie. »Daher gehe ich davon aus, dass Sie die falschen Aussagen in der ersten Legung mit voller Absicht gemacht haben. Wir beide wissen, dass der Garten nicht für die Abnahme von zwanzig

Kilo steht. Und die Fragestellerin hatte den Berg bereits überwunden. Ich denke, das sollte Michelle auch auf der Internetseite schreiben.«

Uschi riss die Augen auf. »Ihr wollt mir eine schlechte Bewertung geben?«

Marie verschränkte die Arme. »Nicht, wenn Sie offen gestehen, weswegen Sie Michelle manipulieren wollten.«

»Aber ich habe sie doch gar nicht manipuliert!«

»Vielleicht ist Ihnen die Bewertung ja nicht wichtig. Aber Sie sollten wissen, dass Michelle eine bekannte Persönlichkeit ist. Wenn sie auf ihrer Seite berichtet, dass Sie Ihren Job nicht beherrschen, können Sie einpacken.«

»Es kommen auch so genug Menschen zu mir«, sagte Uschi beleidigt. »Ich habe treue Stammkunden.«

»Dann sagen Sie uns eben aus einem anderen Grund die Wahrheit«, verlangte Marie. »Denken Sie zum Beispiel an Ihre Berufsehre oder daran, dass Sie gerade bei einem ganz hinterhältigen Spiel mitmischen.«

Uschi klappte die Schatulle wieder auf. Sie holte ein Päckchen Zigaretten heraus und steckte sich eine in den Mund – ohne sie anzuzünden. »Ich bin seit zwanzig Jahren im Geschäft!«

»Warum haben Sie gelogen?«

Uschi seufzte und nahm die Zigarette wieder aus dem Mund. »Ich habe eine hübsche Summe Geld bekommen. Und das kann ich gerade ganz gut gebrauchen. Mein Reinhard will ab nächstem Jahr im Job kürzertreten und unser Hund kommt in die Jahre. Wir müssen jetzt diese teuren Futterzusätze kaufen. Muschelkalk und so ein Zeug für seine Gelenke. Da ist jeder Euro willkommen.«

»Wissen Sie, wer Ihnen das Geld geboten hat?«, fragte Marie.
»Nee, das lag in einem braunen Umschlag auf dem Tisch«, erklärte Uschi. »Echt wahr! Das war heute früh.« Sie griff unter den Tisch und zog einen Umschlag hervor. »Hundert Euro und ein Brief. Darin stand, dass ich kostenlose Legungen anbieten soll, um jemandem einen Streich zu spielen.« Sie hielt Marie den Brief hin. Es handelte sich um einen Computerausdruck. »Da steht echt, dass es ein Scherz ist. Ich soll das mit dem Erfolg und der Diät sagen, und wenn ich alles richtig mache, finde ich morgen einen weiteren Umschlag mit fünfhundert Euro.«
»Wer würde denn so viel Geld für einen Scherz ausgeben?«, fragte Marie vorwurfsvoll. »Da hätten Sie nun wirklich etwas skeptischer sein können.«
»Meine Güte!« Uschi hob beschwichtigend die Hände. Die Zigarette hielt sie noch immer zwischen Zeigefinger und Mittelfinger. »Es ging nicht um schlimme Krankheiten oder Todesfälle. Und es ging auch nicht um Liebe. Das nehme ich natürlich ernst. Aber das mit der Diät klang jetzt echt nicht schlimm. Die Stars machen doch alle Abmagerungskuren.«
Michelle stand ruckartig auf. »Ich nicht! Bitte geben Sie mir den Umschlag.«
»Und das Geld?«
»Das spende ich der Initiative *#echtschön!*«, sagte Michelle mit bebender Stimme.
Uschi schob ihr widerwillig den Umschlag hin. »Bitte, Süße. Und keine bösen Worte im Internet, okay?«
»Das überlege ich mir später!« Michelle nahm den Umschlag an sich. »Auf Wiedersehen!«

»Ich wünsche euch einen schönen Tag, Mädels«, sagte Uschi. »Und, Süße? Es sieht so aus, als würde das Theaterstück ein voller Erfolg werden!«

»Schon wieder ein brauner Umschlag!«, sagte Kim.
Die drei !!! hatten sich am *Beach Club* getroffen. Franzi lag ausgestreckt auf dem warmen Sand und hatte die Augen geschlossen. Marie stupste sie sanft an. »He, nicht einschlafen!«
»Nur noch fünf Minuten«, murmelte Franzi.
»Wir können jetzt davon ausgehen, dass der Täter Michelle sehr gut kennt. Er weiß, dass sie schon immer mal zu einer Wahrsagerin gehen wollte, sich aber nicht so gut mit Karten auskennt.«
»Und der Täter ist bereit, insgesamt 600 Euro auf den Tisch zu legen«, fügte Marie hinzu.
»Rohloff hätte das Geld. Als Bestsellerautor müsste er ganz gut verdienen. Aber woher weiß er so viel über Michelle?«
»Vielleicht arbeitet er mit jemandem zusammen, der Michelle gut kennt«, überlegte Kim. »Jemand, der nahe genug an sie herankommt, ohne Verdacht zu erregen.«
»Solveig!«, entfuhr es Marie.
»Was? Wieso sollte sie das machen?«
»Sie war nicht bei der Gruppe, als der Stand beschmiert wurde, kam aber genau aus der Richtung. Außerdem lag ihr eigener Rucksack ganz in der Nähe von Michelles Tasche. Für die Songtexte auf ihrem Rucksack hat sie übrigens schwarzen Textmarker benutzt. Und genau damit wurden die Plakate am Stand beschmiert.«
»Du hast recht«, gab Kim zu. »Außerdem benimmt sie sich

seltsam. Ich habe bemerkt, dass sie in den Pausen ganz häufig verschwunden ist. Vielleicht hat sie sich mit Herrn Rohloff getroffen.«

»Aber weiß Solveig auch, dass Michelle an Wahrsagen glaubt?«

»Sie hat doch mitbekommen, dass Michelle den Aberglauben rund um die Bühne ernst nimmt«, erklärte Marie. »Für mich steht es fest: Solveig hat Dreck am Stecken!«

Kim zögerte. »Du magst sie nicht.«

»Sie mag mich nicht!«, korrigierte Marie. Ihr Handy gab einen Ton von sich. Sie hatte eine SMS bekommen.

»Holger!« Marie blickte auf das Display. »Dem muss ich noch schreiben, dass ich ihn heute nicht mehr treffen kann. Ich habe eine weitere Probe mit *FDH*.«

»Brich die Undercover-Aktion ab«, riet Kim. »Die Jungs von *FDH* werden garantiert keine 600 Euro ausgeben, um Michelle zu schaden.«

»Aber vielleicht arbeiten sie ebenfalls für Rohloff«, widersprach Marie. »Der scheint ja echt Panik wegen seines Films zu haben. Jedenfalls traue ich ihm so eine Aktion zu. Außerdem muss ich die Jungs in Sicherheit wiegen. Sie sollen glauben, dass ich am Samstag ihren blöden Song singe!«

Kim grinste. »Ich bin fast fertig mit dem neuen Text.«

»Perfekt!« Marie stand auf. »An die Arbeit, Mädels!«

Das Saturn-Geständnis

Marie stieg gerade von der Bühne, als Michelles Agent auftauchte. Frank Janusz hielt ein Kino-Magazin in der Hand. Auf den ersten Blick war zu erkennen, dass seine Laune im Keller war.

»Frank!«, rief Michelle überrascht. »Ist alles in Ordnung?«

Statt einer Antwort hielt der Agent Michelle das aufgeschlagene Magazin hin. Marie spähte über ihre Schulter. In fetten Buchstaben stand dort: »Die Saturn-Prinzessin ist kein verdammtes Nilpferd – J.-D. Rohloff über Lieblingsfilme, schlechte Drehbücher und Casting-Fehler«.

»Er will nicht, dass du die Rolle spielst!«, sagte Frank Janusz fassungslos.

»Rohloff hat da aber kaum Mitspracherecht«, antwortete Michelle. Sie klappte das Magazin wieder zu. »Außerdem fände ich die Rolle der bösen Schwester sogar reizvoller.«

Frank Janusz schüttelte vehement den Zeigefinger. »Du wirst die Saturn-Prinzessin! Du bist nicht nur eine hervorragende Schauspielerin, sondern auch eine wunderschöne junge Frau! Lass dir von solchen Typen nicht die Karriere verderben. Wenn ich den in die Finger bekomme!«

»Frank, du musst dich nicht für mich prügeln.« Michelle lachte leise. »Ehrlich, ich brauche diese schönen Rollen doch gar nicht.«

»So leicht geben wir nicht auf!«, sagte der Agent. »Wir sollten in mein Büro fahren und besprechen, wie wir jetzt vorgehen. Ich habe außerdem ein paar Angebote bekommen, die du dir anschauen solltest. Und dann kann ich dir auch gleich zeigen, was ich deiner Mutter zum Geburtstag schenken möchte.«

»Meinetwegen«, sagte Michelle. »Wir sind hier fertig.«

»Darf ich das Magazin haben?«, fragte Marie. »Ich gebe es auch zurück.«

»Von mir aus«, antwortete Frank Janusz. »Und denk daran: Wenn du noch einen Agenten suchst, melde dich! Demnächst startet das Casting für die *Power-Girls*. Das wird ein rasanter Mädchenfilm, in dem ich dir die Hauptrolle verschaffen könnte.«

Marie bedankte sich höflich. Das Angebot klang gut, aber sie bekam ihre ganzen Hobbys auch so kaum unter einen Hut und konnte neben der Schule nicht auch noch einen Film drehen. Oder vielleicht doch?

Als Michelle und ihr Agent gegangen waren, drehte sich Marie suchend nach Kim und Franzi um. Die beiden hatten sich ein gemütliches Plätzchen auf einem Baumstamm in der Nähe des Schilfs gesucht.

»Solveig sieht aus wie sieben Tage Regenwetter«, berichtete Kim. »Wir haben sie genau beobachtet. Irgendetwas stimmt bei ihr nicht.«

»Und ich habe hier einen weiteren Artikel, in dem Rohloff gegen Michelle hetzt!« Marie hielt ihren Freundinnen das Kino-Magazin hin.

»Deine Bandprobe ist im Festzelt, oder?«, fragte Kim.

»Ja, wieso?«

»Herr Rohloff probt dort gerade wieder. Gestern war er nicht zufrieden mit der Technik. Also muss alles wiederholt wer-

den.« Kim nahm Marie das Magazin ab. »Wir sollten Herrn Rohloff einfach darauf ansprechen.«
»Dann schöpft er Verdacht!«, warf Franzi ein.
»Wir können ihn nicht die ganze Zeit beschatten«, entschied Kim. »Und wenn er mehrere Helfer hat, wird es unmöglich, ihm auf die Schliche zu kommen. In solchen Fällen ist ein Frontalangriff manchmal die beste Lösung.«
»Wir locken ihn aus der Reserve«, fand auch Marie.
Gemeinsam eilten die Mädchen zum Festzelt. Die Probe war bereits in vollem Gange. Lichter flackerten, Nebel waberte über die Bühne und der Beamer sorgte für eine Show der Extraklasse.
»Saturn!«, brüllte Jens-Dieter Rohloff zum Abschluss seiner Performance. Ein letztes Mal flackerten die Lichter auf. Dann wurde es dunkel.
»Danke schön!«, sagte der Schriftsteller ins Mikrofon. Das Bühnenlicht ging wieder an. Der Mann verbeugte sich vor den leeren Stuhlreihen. »So, das war's.« Er drehte sich zu dem Techniker. »Am Samstag muss aber noch jemand durchsagen, dass ich meine Bücher im kleinen Kulturzelt signiere.«
»Besprechen Sie das mit dem Chef«, sagte der Techniker. »Ich sorge hier nur für Ton und Licht. Der Rest ist mir egal.«
Rohloff seufzte genervt.
»Dürfen wir Sie kurz sprechen?«, fragte Kim.
Der Schriftsteller sah auf. »Ich gebe keine Autogramme in Schulhefte oder auf Einkaufszettel. Ich signiere ausschließlich meine Bücher.«
»Wir wollen kein Autogramm.« Kim trat näher an die Bühne heran, das Kino-Magazin noch immer in der Hand.

»Ich kenne euch irgendwoher!«, stellte der Schriftsteller fest.
»Wir waren gestern mit ein paar Jungs hier«, erklärte Franzi.
»Die Typen, die sich danebenbenommen haben.«
»Aber wir kennen uns schon länger. Seit einem Kriminalfall, den wir gelöst haben«, fügte Kim hinzu. »Da ging es um eine alte Villa und ein Einhorn.«
Der Schriftsteller lächelte. Mit einem Mal wirkte er viel freundlicher. »Aber natürlich. Ich erinnere mich. Eine großartige Sache. Ich war versucht, ein Buch darüber zu schreiben, allerdings sind Krimis nicht so ganz mein Genre.«
»Herr Rohloff.« Kim räusperte sich. Dann hielt sie das Kino-Magazin hoch. »Wir möchten mit Ihnen über diesen Artikel sprechen.«
»Oh«, machte Jens-Dieter Rohloff.
»Haben Sie das wirklich so gesagt?« Kim tippte energisch auf die Überschrift.
»Ja, das habe ich.« Der Schriftsteller nickte. »Aber es ist natürlich mal wieder nur das halbe Interview gedruckt worden. Es ist ärgerlich. Man gibt sich Mühe, ausführlich zu antworten, und dann wird das in der Redaktion hemmungslos gekürzt.«
»Wie meinen Sie das?«, fragte Franzi skeptisch.
Herr Rohloff schnaubte. »Na, die nehmen nur die Sätze, die ihnen gefallen. Ich habe geistreich und humorvoll geantwortet. Ich habe mit einem Schmunzeln gesagt, dass die Saturn-Prinzessin kein verdammtes Nilpferd sei. Es war ein Witz, der das Gespräch auflockern sollte. Dann habe ich das relativiert und erklärt, dass ich mir die Heldin meiner Geschichte ganz anders vorstelle. Michelle Heckenbusch ist eine katastrophale Fehlbesetzung. Ich habe aber auch deutlich gesagt, dass ich

keine Folge der *Vorstadtklinik* verpasse und Frau Heckenbusch in ihrer Rolle einfach göttlich finde. Das wurde dann natürlich weggelassen.«

»Wie kommt es, dass die anderen Medien das ebenfalls aufgegriffen haben?«, hakte Kim nach.

Der Autor errötete leicht. »Ich habe den Scherz auch in der Pressekonferenz gebracht. Die Journalisten wollen starke Sätze. Sie wollen provokante Headlines. Keine lauwarmen Aussagen.«

»Wie stehen Sie zu der Initiative *#echtschön!*?«, fragte Kim. »Und wie stehen Sie zu dem Thema *Body-Shaming*?«

»Wozu wollt ihr das wissen?«, fragte der Schriftsteller überrascht. »Arbeitet ihr für eine Schülerzeitung?«

»Nur zum Teil«, erklärte Kim. »Uns geht es aber nicht darum, einen Artikel zu schreiben, sondern um die Wahrheit. In Ihren Büchern sind die guten Charaktere oft sehr schön und schlank. Die Bösen haben fettige Haare, schlechte Zähne oder riesige Nasen. Abgesehen davon sind sie auch noch fast alle übergewichtig.«

»Ich bin Künstler«, sagte Jens-Dieter Rohloff aufgebracht. »Aber ich muss mich auch auf dem Markt behaupten. Daher orientiere ich mich bei meinen Helden möglichst an gängigen Schönheitsidealen, die auch im Fernsehen und auf Laufstegen zu sehen sind.«

»Was finden Sie denn persönlich schön?«

»Das ist meine Privatsache«, zischte Rohloff. »Ich spreche euch ja auch nicht auf eure Vorlieben an. Obwohl ich das tun sollte. Die Jungs, mit denen ihr euch abgebt, sind wohl kaum der richtige Umgang für euch.«

Kim sah den Schriftsteller durchdringend an. »Herr Rohloff, ich muss die Frage leider wiederholen. Wie stehen Sie zu der Initiative *#echtschön!*? Und wie sieht es mit dem Thema *Body-Shaming* aus?«
»Von der Initiative hatte ich bis letzten Samstag noch nie etwas gehört«, sagte der Autor mit leicht genervtem Unterton in der Stimme. »Ich bin nun einmal kein kleines Mädchen und habe auch keine Probleme mit meinem Körper.« Er fuhr sich durchs Haar. Sein Gesichtsausdruck wurde wieder etwas freundlicher. »Aber ich weiß natürlich, was *Body-Shaming* ist. Und ich habe es selbst als Kind erfahren. Ich hatte abstehende Ohren. Als ich aufs Gymnasium kam, war ich leider auch noch recht schmächtig. Ihr könnt euch denken, dass es nicht leicht war. Diese Zeit hat mich tief geprägt. Die Ablehnung durch meine Mitschüler, die mitleidigen Blicke der Lehrer und, nicht zu vergessen, die gemeinen Sprüche. Das hat sich bis zur Oberstufe zum Glück stark gebessert. Meine Ohren habe ich nach dem Studium anlegen lassen, aber da hat es schon niemanden mehr interessiert. An der Uni waren Äußerlichkeiten nicht mehr relevant und ich habe mir die Kreise gesucht, in denen ich mich künstlerisch entfalten konnte.«
»Sie sind also gegen *Body-Shaming*?«, fragte Franzi zur Sicherheit nach.
»Natürlich«, sagte der Autor mit Nachdruck. »Nur Menschen mit mangelndem Niveau reduzieren ihre Mitmenschen auf Äußerlichkeiten!«
Marie hatte Jens-Dieter Rohloff die ganze Zeit nicht aus den Augen gelassen. Er war aufbrausend und konnte manchmal sehr unfreundlich sein, aber er wirkte nicht wie ein Lügner. Sie

nahm ihm das, was er sagte, ab. Dennoch würden sie die Aussagen überprüfen müssen.

»Bühne frei! Top Act im Anmarsch!« Hannes drängte sich an den Mädchen vorbei.

Dann steuerte er die linke Seite der Bühne an, wo die abgeschlossenen Kisten mit den Musikinstrumenten standen. Nur das Schlagzeug befand sich bereits auf der Bühne. Es war mit einer silbernen Glitzerdecke verhüllt, um sich optisch an die Show des Autors anzupassen.

Moppe stieg jetzt auf die Bühne und hob die Decke hoch. »Ich bin bereit, Jungs!«

»Und breit bist du auch!«, witzelte Damian.

Fabian lachte. »Mach mal besser *FDH*!«

Herr Rohloff verzog missbilligend das Gesicht. »Ich gehe jetzt. Und denkt an meine Worte. Die sind kein Umgang für euch!«

Marie musste auch am Abend noch an das Gespräch mit dem Schriftsteller denken. Er konnte Zeitungen und Magazine als Sprachrohr nutzen. Es hatte sogar eine Pressekonferenz zur *Saturn-Prinzessin* gegeben. Lag es da nahe, zusätzlich anonyme Briefe zu schreiben und den Stand der Initiative zu beschädigen? War das nicht eher etwas für Leute, die ihre Meinung nicht offen aussprechen konnten? Marie war unsicher.

Ihr Handy summte. Eine Sprachnachricht von Holger! Marie hielt das Handy ans Ohr. »Ich vermisse dich!«

»Ich dich auch«, flüsterte Marie leise, obwohl Holger das ja gar nicht hören konnte. Sie ärgerte sich, dass sie nicht auf ihre Freundinnen gehört hatte. Der Abend mit *FDH* erwies sich gerade erneut als eine Pleite. Zwar waren die Proben gut gelaufen und die Jungs schöpften keinen Verdacht, doch seitdem war es nur noch anstrengend. Jetzt saßen sie alle wieder in dem Hähnchengrill. Marie pickte lustlos in ihrem Salat herum. So, wie es Lina jetzt täglich machte.

»Pass bloß auf«, sagte Fabian und beugte sich zu ihr vor.

»Was?« Marie sah auf.

»Na, wenn du auf der Bühne neben diesem rothaarigen Schweinchen stehst.«

»Solveig?«, fragte Marie nach.

»Genau die! Da brechen am Ende noch die Bretter.« Er grunzte wie ein Schwein.

Marie hatte keine Lust, gute Miene zum bösen Spiel zu machen. Aber sie musste ihre Rolle bis zum Samstag durchhalten. Also lachte sie.

Fabian sah darin eine Ermunterung. Er nahm Maries Hand. »Dein Lachen klingt wie Honig!«

»Danke«, sagte Marie. »Das ist echt lieb von dir.« Sie musste innerlich bis zehn zählen, um nicht die Augen zu verdrehen und ihre Hand wegzuziehen. Die Situation war so absurd, dass es fast zum Lachen war. Aber dann sah Marie zufällig zum Fenster. Ihr Herz machte einen schmerzhaften Sprung und sie sog scharf die Luft ein. Da draußen stand Holger! Und er sah sie direkt an. Sein Blick war so traurig, dass es Marie richtig wehtat.

»Holger!« Sie sprang auf. Ohne die Jungs von *FDH* zu beachten, eilte sie zur Tür. Draußen hatte ein leichter Nieselregen eingesetzt. Sie sah sich um. Holger war verschwunden. Dabei wünschte sie sich so sehr, ihn gerade jetzt in den Arm zu nehmen und ihm zu sagen, was er ihr bedeutete. Eine Träne lief Marie über das Gesicht. Dann eine zweite und eine dritte. Die Tür ging auf. Fabian kam heraus. »Hey, was machst du denn für einen Abgang?«

Marie blinzelte. Wenigstens konnte man Tränen im Regen nicht sehen. »Ich ... dachte, ich hätte jemanden gesehen. Einen alten ... Freund.«

»Vergiss ihn. Du brauchst keine alten Freunde.« Er legte ihr den Arm um die Schultern. »Alles, was du brauchst, ist *FDH*!«

Nebeneinander gingen sie ins Restaurant zurück. Marie wäre gern noch einen Augenblick an der frischen Luft geblieben, doch Fabian schob sie sanft, aber bestimmt zum Tisch.

»Du guckst, als sei dir eine Laus über die Leber gelaufen!«, stellte Moppe fest.

»Es ist gerade nicht leicht«, erklärte Marie und entschied sich für eine weitere Lüge. »Wisst ihr, die Proben waren heute furchtbar. Die anderen haben keine Ahnung von Schauspielerei und ich schäme mich so, mit denen auf der Bühne zu stehen.«

»Ich würde auch niemals mit denen auftreten!«, verkündete Hannes. »Das ist der totale Society-Tod!«

»Du sagst es! Außerdem mobben sie mich. Aus Neid!«, jammerte Marie.

»Ich hätte voll Lust, ein Lied über die zu dichten und das beim Festival zu spielen«, meinte Damian. »Aber dann bekommen wir bestimmt Ärger mit deinem Dad, Fabi.«

»Ja, leider«, meinte Fabian. »Aber die Hässletten von *#echthässlich!* bekommen schon ihr Fett weg. Und das im wahrsten Sinne des Wortes!«

Marie sah ihn an und legte dann sacht ihre Hand auf seine. »Wirklich?«

»Klar«, verkündete Moppe. »Jemand hat es total auf die abgesehen! Habt ihr das nicht mitbekommen?«

»War voll die korrekte Aktion«, stimmte auch Hannes zu. »Jemand hat den Stand beschmiert.«

»Und angeblich wurde ein Stück Fett auf die Bühne gelegt«, berichtete Moppe.

»Unbezahlbar!«, fand Fabian.

Hannes nickte. »Die haben echt Feinde. Kein Wunder!«

Marie beugte sich vor. »Wer könnte das gewesen sein?«

»Keine Ahnung«, meinte Hannes. »Aber wenn ich es herausfinde, bekommt derjenige von mir das Abzeichen für die beste Tat des Sommers.«

»Aber echt!« Damian lachte.

»Und ihr habt nicht einmal einen Verdacht?«, hakte Marie nach.

Die Jungen winkten ab. Es kam tatsächlich so rüber, als hätten sie keine Ahnung. Nur Moppe wandte den Blick ab.

»Oh Mann, schade, dass du den Täter nicht gesehen hast, Moppe«, sagte Marie. »Ich würde dem auch gern danken.«

»Warum sollte ich den gesehen haben?« Moppe zerrieb die Serviette in seinen Händen zu einer dünnen Rolle. Er zog die Augenbrauen übertrieben hoch.

»Weil du doch auf dem Gelände unterwegs warst, als er zugeschlagen hat«, sagte Marie mit einem herzlichen Lächeln. Sie durfte das nicht wie ein Verhör wirken lassen. Es musste so klingen, als ob sie sich gar keine Hintergedanken machte.

»Ich war im Wald!«, verkündete Moppe mit Nachdruck.

Für Maries geschulten Blick war die Nervosität eindeutig zu erkennen. Moppe sagte nicht die Wahrheit. Oder er verschwieg etwas.

»Hey, gib's zu, du hast in den Wald gepinkelt!« Hannes gab Moppe einen kräftigen Knuff gegen den Oberarm.

»Ih!«, machte Marie. »Mir vergeht der Appetit.«

»Wir können Moppe auch vor die Tür setzen«, versprach Florian großspurig. »Aber normalerweise ist er stubenrein.«

»Nicht nötig.« Jetzt lächelte Marie entschuldigend. »Ich muss jetzt sowieso gehen. Mein Papa ist leider sehr streng und ich muss immer pünktlich zu Hause sein – auch in den Ferien.«

»V.I.P.s soll man nicht warten lassen.« Fabian stand auf und hauchte Marie ein Küsschen auf die Wange. »Ich sehe dich morgen!«

Fünf Minuten später rannte Marie förmlich zum Bus. Als sie endlich bei der Haltestelle angekommen war, tippte sie mit zitternden Fingern eine Nachricht an Holger. Und dann gleich noch eine zweite und danach zusätzlich noch ein Herz-Emoji. »Bitte antworte! Antworte!«, flehte sie und dann liefen wieder die Tränen.

Funkstille

Das Telefon klingelte. Marie eilte zu ihrem Schreibtisch und stieß dabei fast den Stuhl davor um. Doch im selben Augenblick realisierte sie auch schon, dass es nicht Holger sein konnte. Es war die falsche Melodie und das falsche Bild. Seit den Nachricht von der Bushaltestelle waren schon fast zwei Stunden vergangen. Marie hatte zwei weitere Nachrichten abgeschickt, aber Holger meldete sich nicht. Und dieses Mal lag es garantiert nicht daran, dass er sein Handy nicht aufgeladen hatte. Marie überlegte, ob sie sich heimlich zu ihm schleichen sollte. Aber um diese Zeit wurden seine kleinen Geschwister ins Bett gebracht. Manchmal las Holger ihnen dann eine Geschichte vor. Sie konnte unmöglich dabei stören.

»Hallo, Marie?«, hörte sie Kim am anderen Ende der Leitung. »Alles klar?«

»Äh ... nein.« Marie ließ sich auf den Stuhl fallen. Dann berichtete sie Kim alles, was im Hähnchengrill passiert war.

»Ach du Schande!«, entfuhr es Kim.

»Das kannst du laut sagen«, schniefte Marie. »Ich bin aber auch so dämlich! Holger geht oft nach dem Parkour noch durch die Ladenstraße. Er holt sich ab und zu genau in dem blöden Grill eine Portion Kartoffelecken. Daran hätte ich doch denken können.«

»Du warst eben ganz in den Fall vertieft«, antwortete Kim. »Aber morgen fährst du zu ihm und erklärst ihm, was los war. Wenn er dir nicht glaubt, rede ich mit ihm. Er weiß doch, dass wir einen Fall haben!«

»Danke, Kim.«

»Und wenn wir schon bei der Wahrheit sind, können wir morgen auch gleich Moppe zur Rede stellen«, verkündete Kim. »Am besten ohne seine Band-Kollegen.«

»Eine gute Idee«, fand Marie. »Der kann schlecht lügen. Wenn wir ihn unter Druck setzen, verplappert er sich vielleicht. Oder er gesteht sogar.«

»Wir werden sehen«, meinte Kim. »Aber wir dürfen deine Gesangs-Mission nicht in Gefahr bringen. Der Text ist nämlich fertig! Ich schicke ihn dir gleich rüber!«

Eine Stunde später stand Marie im Schutz der Dunkelheit vor einem hohen Zaun. Das Gelände dahinter war abgesichert wie eine Festung. Von hier aus sah man kaum etwas von der prunkvollen Villa, die inmitten eines großen Gartens lag. Aber Marie hatte auch kein Interesse an der Villa, sondern an dem Dienstbotenhäuschen. In diesem uralten Fachwerkhaus lebte nämlich Holger mit seiner Familie.

Marie hatte sich für den Einsatz extra die schwarzen Hosen und den schwarzen Parka ausgesucht. Leider war der Stoff nicht wasserabweisend. Der Regen hatte die Kapuze bereits durchnässt. Ein kaltes Rinnsal lief ihr den Rücken hinunter. Marie fror. Dass ihre Zähne aufeinanderschlugen, lag aber eher an der Aufregung.

Es dauerte viel zu lange, bis sie den Flummi aus ihrer Jackentasche gekramt hatte. Ihre Finger waren kalt und sie war zu ungeduldig. Immer wieder verhedderte sich der Flummi im Futter des Parkas. Ein Hund bellte irgendwo in der Ferne. Der Regen wurde stärker. Marie seufzte, als sie das Wurfgeschoss endlich in den Händen hielt. Jetzt musste sie genau zielen. Dabei durfte sie nicht zu stark oder zu schwach werfen. Es ging schief. Der Flummi prallte einen halben Meter neben Holgers Zimmerfenster an der Hauswand ab. Das kleine Spielzeug sauste durch die Luft und landete mit einem leisen Geräusch im Gebüsch. Natürlich auf der falschen Seite des Zauns.

»Mist!«, entfuhr es Marie. Den Flummi konnte sie jetzt vergessen.

Am Boden zu ihren Füßen lag ein Stein, aber der war zu groß. Nicht, dass die Fensterscheibe zersprang oder Holgers Mutter wegen des Lärms nach draußen schaute. Gut, im letzteren Fall würde nichts Schlimmes passieren. Frau Kurz war nett. Aber die langen Erklärungen wollte sie sich trotzdem lieber ersparen. Außerdem wollte Marie gerade nur Holger sehen. Niemanden sonst!

Verzweifelt versuchte sie es mit einem kleinen Ast. Aber der ließ sich nicht gezielt werfen. Marie griff nach ein paar kleinen Kieseln. Es klackerte, als die Steinchen das Fensterglas trafen. Marie wartete. Die Zeit schien stillzustehen. Nichts passierte. Also noch mehr Steinchen. Marie warf erneut. Wieder tat sich nichts.

»Bitte mach das Fenster auf!«, flüsterte sie tonlos.

Als wolle das Universum ihr einen Streich spielen, ging bei den Nachbarn ein Fenster auf. Marie hörte eine Toilettenspülung. Die Silhouette eines Mannes zeichnete sich vor dem hell beleuchteten Badezimmerfenster ab. Er schaute hinaus in die Dunkelheit. Marie blieb stocksteif stehen. Wenn der Nachbar sie sah, hielt er sie garantiert für eine Einbrecherin. Die Toilettenspülung hatte aufgehört. Der Mann streckte

sich, dann schloss er das Fenster wieder. Kurz darauf ging das Licht aus.
Ein letztes Mal warf sie Kiesel an Holgers Fenster. Schließlich gab sie auf. Das war einfach nicht laut genug. Manchmal setzte Holger Kopfhörer auf und hörte Musik. Marie stand wie ein begossener Pudel im Regen. Sie fühlte sich schrecklich einsam.

»Warst du draußen?«, fragte Lina, als Marie zu Hause die Treppe hochstieg. Lina stand auf dem oberen Treppenabsatz und musterte Marie von Kopf bis Fuß. »Du bist ganz nass!«
»Kunststück. Draußen regnet es.« Marie schleppte sich zu ihrer Zimmertür. »Solltest du nicht längst im Bett sein?«
»Es sind doch Ferien! Hast du Stress mit Holger?«
»Machst du zufällig eine Diät?«, kam die Gegenfrage von Marie.
Lina streckte ihr die Zunge raus.
»Doofe Kuh«, sagte Marie matt. Sollte Lina doch mit ihren Problemen selbst fertigwerden.
»Doofe Ziege!«, entgegnete Lina. Allerdings musste sie dabei lachen.
»Dämliche Pute!«
»Alte ... Kröte!«
»Das war zu viel!« Grinsend packte Marie ihre Stiefschwester. »Ich bin stärker als du.«
»Igitt, du machst mich ganz nass! Ich ergebe mich!«
Marie ließ von Lina ab. Sie strich sich eine nasse Strähne aus dem Gesicht. »Machen wir uns einen Kakao?«, fragte sie versöhnlich. »Nur du und ich, unten in der Küche. Und keine Gespräche über Diäten und Jungs, okay?«

»Wenn dir auch ein Tee recht ist, dann gern!« Lina sah erleichtert aus.
»Dann eben ayurvedischer Ingwer-Lemon-Tee«, antwortete Marie. »Ich ziehe mir nur schnell etwas Trockenes an.«

Detektivtagebuch von Kim Jülich
Mittwoch, 20:00 Uhr
Jens-Dieter Rohloff hat nicht gelogen. Die Leute vom Kino-Magazin wollten mir am Telefon natürlich nichts sagen. Aber bei der Pressekonferenz war auch eine Kollegin von Sebastian. Darum habe ich ihn vorhin in der Redaktion angerufen. Und es war noch nicht einmal peinlich. Kaum zu glauben, dass ich ihn mal so toll fand! Ich muss eine echte Geschmacksverirrung gehabt haben! Aber ohne seinen Workshop hätte ich David nie kennengelernt. Außerdem ist es gut, Kontakte bei der Presse zu haben.
Dank Sebastian weiß ich jetzt, dass Herr Rohloff im Interview tatsächlich auch nette Sachen über Michelle gesagt hat. Er hat mich aber gebeten, diese Info vertraulich zu behandeln. Seine Zeitung hat nämlich auch ein paar Aussagen unterschlagen. Das ist wohl so üblich, aber in diesem Fall kommt Herr Rohloff durch die Kürzungen extrem übel weg. Wir werden das nicht an die große Glocke hängen. Allerdings wissen wir jetzt, dass Rohloff nicht nur böse Dinge über Michelle gesagt hat. Macht ihn das jetzt weniger verdächtig? Es schwächt jedenfalls sein Motiv.
Ich werde morgen mit der Festival-Leitung sprechen. Am Tag der Brandstiftung war Rohloff bei Fabians Vater. Vielleicht erinnert er sich noch daran, wie lange Herr Rohloff bei ihm war und wo er anschließend hingegangen ist. Danach nehmen wir

uns Moppe vor. Wir müssen nur zusehen, dass dabei nicht die Tarnung von Marie zerstört wird. Bis zum Festival dürfen wir ihre Undercover-Mission nicht in Gefahr bringen. Wir vermuten, dass Fabian, Damian und Hannes nichts mit der Sabotage zu tun haben. Wenn wir Jens-Dieter Rohloff auch noch von der Liste streichen, bleiben nur noch Moppe und Solveig über. Ich kann mir allerdings nicht vorstellen, dass ausgerechnet die beiden gemeinsame Sache machen würden. Und sie hätten auch niemals genug Bestechungsgeld für die Wahrsagerin gehabt. In dem Umschlag waren hundert Euro. Die zahlt man nicht mal eben vom Taschengeld. Wenn ich so darüber nachdenke, kommt es mir vor, als hätten wir eine Spur übersehen. Was ist, wenn nun jemand ganz anderes hinter der Sabotage und den Briefen steckt? Jemand, den wir bislang noch nicht auf dem Zettel gehabt haben?

Geheimes Tagebuch von Kim Jülich
Mittwoch, 20:40 Uhr
Wer das hier liest, muss zur Strafe drei Liebesszenen schreiben – oder den Roman über Dr. Petzold und die heißen Küsse unter Palmen lesen.
David ist begeistert. Allerdings nicht von der Liebesszene. Die habe ich noch immer nicht geschrieben. Die Charaktere stehen nach wie vor tatenlos voreinander und blicken sich tief in die Augen. Von heißen Küssen kann da nicht die Rede sein.
Dafür habe ich David meinen Liedtext vorgesungen. Ja, richtig! Ich habe gesungen! Ich!!!!! Kaum zu glauben, oder? Ich war plötzlich so mutig. David war meine Inspiration. Durch ihn weiß ich, dass echte Liebe Zeit braucht. Man muss sich kennen-

lernen – mit allen Stärken und Fehlern. Meine Stimme ist nicht so schön wie die von Marie. Aber sie gehört zu mir. Wo ich gerade so darüber nachdenke: Letztendlich passt die Botschaft meiner Strophe nun auch zu #echtschön!. *Das ist Mädchenpower! Wenn Fabian nämlich davon singt, wie blond die Haare und wie schlank die Beine seiner Angebeteten sind, wird Marie ihm singend antworten:*

Ich kann dir nicht glauben. Liebe ist mehr
Als nur ein Blick. Schau doch her!
Mit all meinen Fehlern, mit Narben und Wut
Mit geheimen Stärken und verborgenem Mut.
Siehst du meine Seele? Bist du bereit?
Ich habe tausend Facetten und nicht nur ein Kleid.

Die Jungs von FDH *werden durchdrehen. Aber David hat sich gefreut. Er fand es super und findet, dass ich öfter mal Songtexte schreiben sollte. Der Abend war so schön!*
Ich ärgere mich nur, dass ich mit ihm nicht über die Liebesszene gesprochen habe. Ich hätte ihm sagen müssen, dass ich schriftstellerisch noch nicht so weit bin! Da helfen auch die Abenteuer der schönen Krankenschwester nicht weiter.
Sie wird die nächsten vierzig Seiten von der intriganten Kollegin Norma gemobbt und sieht Dr. Petzold nur aus der Ferne. Deshalb ist auch auf jeder Seite von ihrer verzweifelten Sehnsucht die Rede. Sie erinnert sich an seine Küsse und seinen frischen Atem. Wenn man vorblättert, passiert auch nicht viel mehr. Norma versucht, die Krankenschwester aus dem Fenster zu stoßen. Aber sie schafft es nicht, weil Dr. Petzold eingreift. Statt die

Krankenschwester zu küssen, muss er aber erneut zu einer OP. Sie wird wieder von verzweifelter Sehnsucht überwältigt. Das geht immer so weiter.
Vielleicht sollte ich mein Paar auch kurz vor dem Kuss trennen? Es könnte doch ein Komet einschlagen. Ja! Die Idee ist gar nicht so schlecht! Mein Held sieht seiner Liebsten sehr lange und sehr tief in die Augen. Er beugt sich vor, spitzt die Lippen und ... Bum! Staub und Sand rieseln vom Himmel. Oder noch besser: Ein gigantischer Tornado braust direkt auf sie zu. Der größte und gefährlichste Tornado, den der Planet je erlebt hat. Meine Helden müssen natürlich zusehen, dass sie sicher in die Festung kommen. Denn nur dort können sie überleben. Von Sand paniert und mit zerwühltem Haar schaffen sie es gerade noch so durch die Tür, bevor der Sturm sie erreicht. Erleichtert werfen sie die schwere Tür hinter sich zu und freuen sich, dass sie nicht gestorben sind. Ein bisschen verzweifelte Sehnsucht und einen frischen Atem kann ich ihnen ja auch noch verpassen. Das rundet die Szene ab.
Ich denke, ich habe meine Lösung gefunden! David, jetzt kommt meine stürmische Liebesszene. ☺

»*Bonjour*, Marie!«, wurde sie von der jungen Besitzerin begrüßt.
»*Bonjour!*«, erwiderte Marie. Obwohl an diesem Donnerstagmorgen bislang noch nichts *bon*, also gut, war. Zumindest noch nicht. Auf Französisch bestellte sie eine Tüte mit *Pains au Chocolat*.
Danach schwang sie sich auf ihr Rad und fuhr auf direktem Wege zu Holger. Der Regen hatte nachgelassen und es war deutlich wärmer als am Vorabend. Dafür war der blaue Himmel noch immer von einer dichten grauen Wolkenschicht bedeckt. Da waren sie also schon wieder: die Wolken.
Marie trat noch kräftiger in die Pedale. Sie wollte Holger erreichen, bevor er wieder zum Parkour verschwinden konnte. Dieses Mal musste sie dafür auch nicht am Zaun stehen. Sie radelte durch das offene Tor und über die breite Auffahrt direkt zu dem blauen Fachwerkhaus. Dort lehnte sie ihr Rad an einen Baum und hastete zur Tür. Atemlos drückte sie auf die Klingel. Es dauerte einen Augenblick, dann wurde die Tür geöffnet. Holger stand direkt vor ihr, die Haare vom Bett noch leicht verstrubbelt. »Marie!«
»Frühstück?«, krächzte Marie und hielt die Tüte mit den duftenden Schoko-Croissants hoch.
»Hm«, machte Holger. Er kratzte sich am Kopf. »Okay.«
Erleichtert folgte Marie ihrem Freund ins Haus. Frau Kurz stand in der offenen Wohnküche und kochte gerade Kaffee. Die kleinen Geschwister von Holger trugen noch Bademäntel

und deckten den Tisch. Mit sportlichem Schwung beförderten sie die Teller auf die Sets.
»Lasst mein Geschirr heil!«, mahnte Frau Kurz. Dann entdeckte sie Marie. »Dich habe ich ja lange nicht gesehen! Wenn ich bei Tessa im Büro bin, bist du ja immer auf Achse. Wie geht es dir?«
»Gut«, sagte Marie. Sie blickte Holger von der Seite an. »Ich muss dringend mit Holger reden.«
»Erst wird gegessen«, entschied er.
Marie legte die Tüte mit den *Pains au Chocolat* auf den Tisch. Sie hatte genug für die ganze Familie gekauft. Sofort rissen die Zwillinge die Tüte auf. »Schoko-Croissants, danke!«
Marie zwang sich zu einem Lächeln. Es war gemütlich bei Familie Kurz. Unter normalen Umständen hätte sie das Frühstück genossen. Frau Kurz schenkte allen frischen Orangensaft ein, die Zwillinge erzählten munter von verrückten Abenteuern, die sie in den Ferien erlebt hatten, und Holger saß direkt neben ihr. Er duftete nach einem herben Duschgel, das Marie sehr gefiel. Gerne hätte sie seine Hand berührt. Doch zwischen ihnen gab es diese unausgesprochene Sache mit Fabian. Marie verspürte eine riesige Wut auf *FDH*.
Das war auch das Erste, was sie Holger erzählte, sobald sie mit ihm allein in seinem Zimmer war. Holger setzte sich auf seinen Schreibtischstuhl und sah Marie fragend an. Natürlich verstand er nicht, weswegen sie sauer auf einen Fabian und seine blöden Freunde war, aber die Worte sprudelten zusammenhangslos aus Marie heraus.
»Er ist schrecklich! Das musst du mir glauben! Und ich mag diesen Grill auch nicht. Man riecht danach tagelang nach

halbem Hahn! Und Franzi und Kim haben schon gesagt, ich soll die Aktion abbrechen. Die Idioten waren es anscheinend auch nicht. Aber Moppe verschweigt etwas. Da bin ich mir sicher. Und ich will Michelle nicht im Stich lassen und die Initiative auch nicht. Du weißt schon, die von *#echtschön!*! Und ich dachte, es wäre ein guter Plan.«

»Ich weiß echt nicht, wovon du redest.« Holger blickte aus dem Fenster.

Einige Blätter am Kirschbaum waren bereits gelb. Marie tat der Anblick weh. Wegen Holger und wegen der Blätter, die sich nun bald alle färben würden. Das Ende des Sommers war nicht aufzuhalten. Aber vielleicht konnte sie wenigstens das Ende ihrer Liebe aufhalten. »Ich bin mit den Jungs von *FDH* in den Grill gegangen, um sie auszuhorchen. Das war eine Undercover-Mission!«

»Und dafür musstest du dem einen Typen die Hand streicheln?«

»Streicheln?«, entfuhr es Marie. »Ich habe ihn nur berührt, damit er mir endlich gesteht, dass er für die Sabotage auf dem Festival-Gelände verantwortlich ist. Aber er war es anscheinend nicht.«

Holger sah Marie nachdenklich an. »Du schmeißt dich einem Typen an den Hals, damit er dir Informationen gibt?«

»Nur an die Hand, nicht den Hals«, korrigierte Marie. »Wir sind in diesem Fall nicht weitergekommen.«

»Manchmal rechtfertigt der Zweck nicht die Mittel«, sagte Holger leise.

»Ich will doch nur dich!«, gestand Marie. »Aber ich möchte auch nützlich für das Detektiv-Team sein. Kim ist die Schlaue und Franzi das sportliche Energiebündel. Ich bin eben die Hübsche. Zu irgendetwas muss das doch gut sein.«

Jetzt sah Holger Marie ungläubig an. »Du denkst, dass du nur mit Schönheit punkten kannst? Und du befürchtest, dass das alles ist, was dich ausmacht?«

»Na ja, nicht wirklich alles.« Marie zögerte. »Aber doch einen großen Teil. Und ich frage mich manchmal, ob du mich nur wegen meines Aussehens magst.«

»Marie!« Holger stand auf. » Du bist manchmal wirklich eitel und verplant! Und du gibst definitiv mehr Geld für Shampoo und so einen Kram aus als für Bücher.«

Marie biss sich auf die Lippe. Mit so einer Antwort hatte sie nicht gerechnet. Doch Holger redete bereits weiter. »Du hast links einen krummen kleinen Zeh und eine winzige Narbe an der rechten Schulter. Du liebst es, im Mittelpunkt zu stehen, und du hast weniger Selbstvertrauen, als du vorgibst. Aber genau das liebe ich an dir! Ich bin in das Gesamtpaket Marie Grevenbroich verliebt!«

Jetzt klopfte Maries Herz wie verrückt. Mit jedem Wort, das Holger sagte, breitete sich außerdem ein Kribbeln in ihrem Bauch aus. Das konnten nur Schmetterlinge sein, die sie mit ihren Flügeln berührten!

»Ich liebe dein Lachen, deine Hoffnungen und Träume, deine nachdenkliche Seite und die Herzlichkeit, die du manchmal hinter deiner hübschen Fassade versteckst.« Holger gab Marie einen zarten Kuss. »Bitte, glaube nie mehr, dass du nicht gut genug bist. Und nutze dich selbst nicht aus, um einen Fall zu lösen.«

»Ich will echt nichts mehr mit *FDH* zu tun haben«, ver-

sprach Marie. »Ich muss nur noch am Samstag mit ihnen auftreten.«
»Warum denn das?«
»Die Jungs brauchen ganz dringend einen Denkzettel!«
Mehr konnte sie nicht sagen, da Holger ihr schon wieder einen Kuss gab. Einen *Pain-au-Chocolat*-Kuss, der ein bisschen nach Paris schmeckte. *Très bon!*

Bei der Theaterprobe schwebte Marie gefühlt mehrere Meter über den Bühnenbrettern. Das Team spielte das komplette Theaterstück durch und es lief großartig. Danach war es an der Zeit für den nächsten Ermittlungsschritt. Marie suchte sich dafür ein ungestörtes Plätzchen am Schilfgürtel und rief Kim an. »Du kannst loslegen!«
»Prima«, antwortete Kim. »Mission Babyfon startet jetzt.«
Marie hatte sich diesen Trick ausgedacht. Schon einmal hatten sie das Babyfon von Finn für einen Fall genutzt. Grevenbroichs brauchten das Gerät nicht mehr, aber dafür konnten die drei !!! es nun uneingeschränkt einsetzen. Mit einer Reichweite von knapp hundert Metern ließ sich schon etwas anfangen.
Marie schaltete den Empfänger ein und lauschte. Franzi würde den Sender in einer Seitentasche ihrer leichten Cargohose tragen. Wenn sie sich nicht zu viel bewegte, konnte es klappen.
Während sie noch die Laufgeräusche hörte, dachte sie an die Nachforschungen ihrer Detektivkolleginnen. Kim war kurz zuvor im Büro der Festival-Leitung gewesen. Und sie hatte eine wertvolle Information erhalten: Fabians Vater hatte Jens-Dieter Rohloff am Abend der Brandstiftung tatsächlich ge-

troffen und er hatte eine halbe Ewigkeit mit ihm diskutiert. Rohloff war sogar noch im Büro gewesen, als ein Mitarbeiter reinkam und von dem Feuer berichtete. Damit war der Schriftsteller eindeutig aus dem Schneider.

»Moppe, können wir dich kurz bei deiner kleinen Pause stören?« Das war die Stimme von Kim. Es ging los! Marie presste den Empfänger ans Ohr.

»Ihr seid die Freundinnen von Marie, oder?«

»Freundinnen? Seit sie mit euch herumhängt, hat sie gar keine Zeit mehr für uns.« Kim klang vorwurfsvoll. »Sie denkt, dass ihr nette Typen seid. Aber ich habe das Spiel durchschaut!«

»Welches Spiel?«, fragte Moppe erschrocken.

»Marie könnt ihr vielleicht reinlegen. Das ist leicht. Sie ist nicht die hellste Kerze auf der Torte. Aber uns täuschst du nicht! Du weißt mehr über die Sabotage-Aktion am Stand.«

»Und du warst nicht im Wald! Dort ist der Handyempfang nämlich extrem schlecht«, fügte Franzi hinzu.

»Ich habe die Plakate nicht zerstört!«, jammerte Moppe. »Echt nicht. Obwohl die Jungs mich dafür bestimmt gefeiert hätten. Ich muss jetzt gehen.«

»Du lässt vor lauter Nervosität ja fast deine Brotbox fallen«, sagte Kim. »Und wir sind noch nicht einmal fertig mit dir!«

»Aber ... äh ... ich bin fertig mit Essen und muss weiter«, rief Moppe. Man hörte einen Reißverschluss und Rascheln.

»Was hast du denn da im Rucksack?«, tönte Franzis Stimme aus dem Lautsprecher. »Ist das ein Herz?«

»Sieh an. Ein Herz aus Plüsch. So eins hatte doch auch Solveig.« Kims Stimme war kühl.

»Das ist einfach nur ... ein ... äh ... Herz.«
»Du warst zur Tatzeit nicht bei der Bühne. Und Solveig war ebenfalls nicht da. Kurz davor baumelte das Herz aber noch an ihrem Rucksack. Am nächsten Tag war es verschwunden.«
»Ich habe es nicht geklaut!«, verteidigte sich Moppe. Seine Stimme rutschte beim Sprechen immer höher.
»Du und Solveig!«, sagte Kim. Danach machte sie eine wirkungsvolle Pause.
»Ihr dürft den Jungs nichts davon erzählen!«, bettelte Moppe nun. »Wenn die das herausfinden, bin ich erledigt!«
»Du und Solveig«, wiederholte Kim ein zweites Mal mit Nachdruck.
»Wir waren ein Paar«, gestand Moppe zerknirscht. »Ich habe Schlagzeugunterricht am Konservatorium und sie hat dort Gesangsstunden. Wir kennen uns schon länger, vor drei Monaten sind wir zusammengekommen. Ich musste das vor Fabi, Hannes und Damian natürlich geheim halten. Solveig war deswegen sauer. Sie wollte, dass ich allen von ihr erzähle. Hier auf dem Festival.« Er schnappte nach Luft. »Ich habe Panik bekommen. Wir haben uns drüben bei dem Toilettenwagen getroffen, um zu reden.«
Kim und Franzi waren offensichtlich genauso überrascht wie Marie. Es dauerte einige Sekunden, bis Kim einen Kommentar abgab. »Der Toilettenwagen? Was für ein romantischer Ort.«
»Es war ja eh das Ende unserer Beziehung. Es gab einen fetten Streit und sie hat mir das Herz vor die Füße geschleudert.« Moppe seufzte.
»Und wie bist du von den Toiletten zur Bühne gekommen?«
»Manche Zaunelemente lassen sich verschieben. Ich bin da

drüben durchgestiegen und außen bis zum Festzelt gegangen. Dort kann man auch durch den Zaun steigen.«

»Dort drüben bist du durch?«, fragte Kim. »Aber von da aus kann man doch den Stand der Initiative gut sehen.«

Es folgte eine Pause. »Kann man auch.«

»Hast du jemanden gesehen?«

»Ja«, kam die Antwort.

»Bingo!«, flüsterte Marie in ihrem Versteck. »Bingo!«

»Und warum hast du nichts gesagt?«, fauchte Franzi.

»Das ist doch klar! Ich habe den Jungs gesagt, dass ich in den Wald gehe, um zu telefonieren. Dann kann ich ja schlecht gleichzeitig bei der Wiese gewesen sein.«

»Du hast geschwiegen, weil du Schiss vor deinen Band-Kumpels hast?«, fragte Franzi ungläubig. »Ich fasse es nicht!«

»Ohne die Band bin ich nichts«, verteidigte sich Moppe. »*FDH* kommt super an. Jetzt spielen wir sogar auf diesem Festival. Das würde ich allein nie schaffen.«

»Es gibt auch andere Bands«, erwiderte Franzi. »Und jetzt raus mit der Sprache: Wer war beim Stand?«

»Ein Mann.«

»Alter, Statur, Aussehen«, forderte Kim.

»Keine Ahnung, wie alt der war. Vielleicht vierzig? Oder fünfzig?«, antwortete Moppe. »Er hing am Stand bei den Plakaten herum und hatte etwas in der Hand. So genau habe ich aber nicht hingesehen.«

»Versuch, dich zu erinnern!«, rief Kim.

»Na ja, er hat da wohl etwas abgerissen.«

»Wie sah er aus?«, drängte Franzi.

»Er hatte eher helle Haare«, kam es zögerlich von Moppe.

»Nicht blond, aber auch nicht braun. Hellbraun? Auf jeden Fall recht kurz. Und er sah sportlich aus und trug ein schickes Hemd.«

»Bist du ihm hier schon mal begegnet?«, wollte Franzi wissen.

»Äh, ja«, meinte Moppe. »Ich habe ihn später auch bei der Bühne gesehen. Ich dachte schon, der verrät mich. Aber er hat schön die Klappe gehalten, damit er selbst nicht dran ist.«

Die Erkenntnis durchfuhr Marie wie ein Blitz. Frank Janusz! Die Beschreibung traf exakt auf ihn zu. Kurze, dunkelblonde Haare, das schicke Button-down-Hemd und die Tatsache, dass er erst später zur Bühne gekommen war. Frank Janusz hatte auch kein Alibi für die Tatzeit! Noch dazu wusste er, wo Michelle wohnte! Er kannte ihre Hobbys und ihre Schwäche für Orakel und er hatte ungehinderten Zugang zum Gelände. Alles passte zusammen. Nur gab es kein Motiv! Was hatte Frank Janusz davon, wenn er seinen eigenen Star verunsicherte und Michelles Engagement sabotierte?

»Bitte kein Wort zu den Jungs«, flehte Moppe jetzt. Marie hatte gar nicht mehr richtig zugehört. Sie hielt das Gerät wieder ans Ohr.

»Wir können schweigen, wenn du es auch kannst!«, sagte Kim verschwörerisch. »Es kann allerdings sein, dass wir noch mal mit dir reden müssen. Du solltest dir bis dahin überlegen, was dir Solveig bedeutet.«

Großes Theater

»Kann ich denn schon heute ein T-Shirt kaufen?« Michelles Mutter stand bei Tessa an der Bude und sah sich deren Katalog an.

Die beiden Frauen kannten sich von den *Vorstadt*-Partys, die der Sender jedes Jahr in der Weihnachtszeit veranstaltete. Die Teams der *Vorstadtwache* und der *Vorstadtklinik* wurden eingeladen und die Hauptdarsteller durften sogar ihre Familien mitbringen.

»Bestellen geht natürlich immer«, sagte Tessa. »Ich bringe die Ware allerdings erst morgen hierher. Nicht, dass noch etwas geklaut oder zerstört wird.«

»Die Sachen sind wirklich super!« Michelles Mutter blätterte die Katalogseite um.

»Biobaumwolle, fair gehandelt und fair produziert«, sagte Tessa stolz. Sie legte einen Arm um Marie, die dem Gespräch lauschte. »Zum Glück bekomme ich von Marie tolle Inspirationen.«

»Alle T-Shirts auch in Übergrößen«, las Michelles Mutter begeistert.

»Klar«, meinte Tessa. »Auch Menschen mit größeren Maßen tragen Shirts.«

Das war ein gutes Stichwort. Während Michelles Mutter wieder auf den Katalog schaute, tippte Marie ihre Stiefmutter an und warf ihr einen eindringlichen Blick zu. Tessa hob fragend eine Augenbraue, sagte jedoch nichts.

»Tessa findet, dass auch ein Shirt in XXL gut aussehen kann«,

erklärte Marie. »Aber mein Vater ist da leider nicht so locker.« Sie machte ein trauriges Gesicht. Tessas Augenbrauen wanderten noch höher.
»Manchmal beneide ich Michelle«, gestand Marie. »Sie darf so sein, wie sie will. Ich musste schon als Kind immer trainieren und darauf achten, was ich esse.«
»Wirklich?« Michelles Mutter sah verdutzt auf. »So hätte ich Helmut gar nicht eingeschätzt.«
»Äh«, machte Tessa, doch Marie stieß sie sanft mit der Schuhspitze an. »Er hat nichts gegen Übergewicht. Aber er meint, dass man als Schauspielerin eben sehr auf sein Äußeres achten muss.«
Tessa wurde sichtlich nervös. Helmut Grevenbroich hatte Marie nie zum Sport gezwungen oder sie auf Diät gesetzt. Im Gegenteil. Er freute sich, wenn sie bei seinen Gerichten ordentlich zuschlug.
»Na, jedenfalls finde ich es super, dass Sie und Ihr Mann Michelle so toll unterstützen«, schloss Marie, bevor Tessa etwas Falsches sagen konnte.
»Frank ist mein Lebensgefährte«, korrigierte Frau Heckenbusch. »Wir sind nicht verheiratet. Aber was mich betrifft, hast du recht. Ich habe Michelle immer darin bestärkt, ihren Körper anzunehmen. Frank hat da eher die Meinung deines Vaters geteilt.« Sie klappte den Katalog energisch zu. »Wenn es nach ihm gegangen wäre, hätte Michelle jetzt garantiert radikale Diäten und mehrere Schönheitsoperationen hinter sich.«
»Wirklich?«, fragte Marie. Sie musste sich gar nicht verstellen, um entsetzt zu klingen.

Michelles Mutter wandte sich an Tessa. »Ich habe Frank zur Rede gestellt und ihm gesagt, dass er unsere Beziehung aufs Spiel setzt. Und ich habe ihm erklärt, dass Michelle auch mit ein paar Kilo mehr mein absolutes Wunschkind ist. Danach war die Sache erledigt.«
»Gut für Michelle«, sagte Tessa.
»Du solltest ebenfalls mit Helmut reden«, schlug Michelles Mutter vor. »Er darf Marie nicht unter Druck setzen.«
Tessa schluckte sichtbar. »Nun, ich ... Also, weißt du, Mona ...«
»Es ist schon besser geworden«, mischte sich Marie ein. »Und zwar deutlich.«

»Frank Janusz unterstützt Michelle bei *#echtschön!* nur, weil ihre Mutter sonst Ärger macht!« Marie nahm einen Schluck von ihrem eisgekühlten Kakao. Die Mädchen saßen im Biergarten ihres Lieblingscafés. Im Sommer gab es hier neben dem berühmten *Kakao Spezial* auch den *Lomo Iced Choc Kick* – kurz *LICK* genannt. Eine feine Gänsehaut bildete sich auf Maries Unterarmen. Für einen *LICK* war es schon beinahe zu kalt. Aber nach den Sommerferien würde das Getränk wieder für einige Monate von der Karte verschwinden.
»Er findet sie also eigentlich zu dick«, überlegte Kim.
»Klar, wenn ich jemanden zu dick finde, zünde ich auch Bühnen an«, sagte Franzi mit ironischem Unterton.
»Frank hat erwähnt, dass Michelle sich mit dem Theaterstück übernimmt«, erinnerte sich Marie. »Da er ihr Agent ist, will er natürlich, dass sie in bester Form ist und sich schon mal auf den Kinofilm vorbereitet.«

»Statt Theater zu spielen, soll sie also abnehmen?«, fragte Franzi skeptisch. »Aber warum dann die ganzen Umwege?«
»Vielleicht hat er gehofft, dass das Theaterstück abgesagt wird«, gab Kim zu bedenken. »Dann hätte Michelle nicht mehr so viel Zeit mit Menschen verbracht, die sich gegen Diäten und Schönheitsoperationen einsetzen.«
»Dazu würde auch die Vorhersage der Wahrsagerin passen«, meinte Marie.
»Ich weiß nicht so recht«, sagte Franzi. »So ein Aufwand? Für ein paar Kilo?«
»Wenn Michelle die Saturn-Prinzessin spielt, wäre das wahrscheinlich der große Durchbruch für sie«, erklärte Marie. »Davon profitiert auch Frank. Ich schätze mal, er bekommt Provision. Das heißt, dass er einen Teil der Gage erhält.«
Kim nickte. »Und für so einen Film gibt es vermutlich richtig viel Gage.«
»Genau. Und natürlich geht es auch um den internationalen Durchbruch. Wenn Michelle dadurch Aufträge in Hollywood bekäme, würde sich das auf jeden Fall auszahlen.«
»Okay, er hat also ein Motiv: Michelle soll ein schlanker Superstar werden und seine Kasse klingeln lassen«, fasste Franzi zusammen. »Aber wie wollen wir ihn überführen?«
»Wir brauchen Beweise«, sagte Kim. »Ich weiß nicht, ob Moppe gegen ihn aussagen würde. Außerdem hat Moppe nur gesehen, dass Frank am Stand war. Er kann nicht bezeugen, dass der Agent auch wirklich die Plakate zerstört hat.«
»Ich denke, wir müssen einfach ein Theater der Spitzenklasse aufführen«, sagte Marie. »Ich werde einfach so tun, als ob ich mich von Frank Janusz vertreten lassen will!«

»Spitze!«, fand Kim.
Marie kramte ihr Portemonnaie aus der Tasche. »Ich muss jetzt zahlen. Tessa bekommt um 16:00 Uhr Besuch von Nike. Es geht um eine Shirt-Serie von *#echtschön!*.«
»Und weshalb musst du dabei sein?« Franzi gähnte.
»Ich brauche Nikes Hilfe. Allerdings nicht für unseren Fall, sondern für Lina!«
Nachdem sie bezahlt hatte, radelte Marie direkt zur Villa. Nike war schon da und saß mit Tessa in der Küche. Genau wie Michelles Mutter blätterte auch sie im Katalog. Finn ließ seine Feuerwehr über den Tisch fahren. Jemand hatte die Batterien aus dem Spielzeug entfernt, aber Finn schaffte es mittlerweile, die Sirene täuschend echt nachzuahmen. Praktischerweise war auch Lina gerade in der Küche und studierte skeptisch den Text auf einer Saftpackung.
»Großartig, dann sind wir ja vollzählig«, freute sich Marie. Sie hatte Nike schon am Vormittag die Situation geschildert und sie um ihre Mithilfe gebeten.
»Widu-diiiiiiii«, machte Finn.
»Und was soll ich jetzt hier tun?«, fragte Lina. Sie klang nicht gerade begeistert.
»Ich möchte dir etwas zeigen.« Nike griff in ihren Rucksack und zog einen mehrfach gefalteten Flyer hervor. »Darin steht, was bei Essstörungen passieren kann.«
»Ich habe keine Essstörung«, sagte Lina, sichtlich überrumpelt.
»Widu-didu-widu-didudiiiiiiii!«, machte Finn in ohrenbetäubender Lautstärke. »Alarm!«
»Das habe ich auch nicht behauptet«, gab Nike freundlich

zurück und ignorierte die Feuerwehr, die haarscharf am Flyer vorbeidüste. »Aber du solltest das trotzdem wissen. Falls du mal einer Freundin helfen musst.« Sie öffnete den Flyer. »Magersucht kann zu Haarausfall und sogar zu Zahnausfall führen. Die Muskelmasse wird abgebaut und das Immunsystem geschwächt. Und das ist nur ein Teil von den körperlichen Problemen. Die Liste ist viel länger.«
»Aber ich bin gar nicht magersüchtig!« Lina lief rot an. Sie ballte ihre Hände zu Fäusten.
»Etwas stimmt doch nicht«, sagte Marie leise. »Lina, du musst nicht mit mir oder Tessa darüber reden, aber bitte versprich mir, dass du dich Nike anvertraust.«
»Wegen Magersucht?« Lina schnaubte. »Wie oft soll ich es denn noch sagen? Ich bin nicht magersüchtig.« Sie machte eine Pause. Dann blickte sie Marie direkt in die Augen. »Ich lebe jetzt vegan.«
»Vegan?«, entfuhr es Tessa.
»Widu-diduuuuu-diiiiii!«, brüllte Finn.
Lina fuhr herum. »Ja, vegan, Mama! Weißt du eigentlich, unter welchen Bedingungen Tiere gehalten werden? Anouk hat mir Videos im Internet gezeigt.« Tränen traten in Linas Augen. »Weißt du, wie viele Küken für die Eierproduktion sterben müssen? Und hast du eine Ahnung, wie es Milchkühen ergeht? Da werden die Kälbchen kurz nach der Geburt für immer von ihren Müttern getrennt. Wir haben angefangen, den Bauern in der Gegend Briefe zu schreiben, aber das hilft nicht!«
Tessa sah ihre Tochter mitfühlend an. »Aber du hättest mit mir reden können.«

»Anouk meint, dass ihr mich stoppen würdet.«

»Darf ich dazu etwas sagen?«, mischte sich Nike ein.

Lina machte ein unschlüssiges »Hmm«.

»Ich bin Veganerin.« Nike lächelte Lina aufmunternd an. »Seit über einem Jahr esse ich keine tierischen Produkte mehr. Also kein Fleisch, keinen Fisch, keine Eier und natürlich auch keine Milchprodukte. Und auch meine Pflegeprodukte, meine Kleidung und meine Wandfarben sind vegan.«

»Dann kannst du mich verstehen?«, fragte Lina hoffnungsvoll.

»Ich kann dich absolut verstehen«, bekräftigte Nike. »Aber der Unterschied zwischen uns ist, dass ich schon ausgewachsen bin und mich sehr gut mit Ernährung auskenne. Ich verzichte nicht einfach auf Lebensmittel, sondern stelle mein Essen sorgsam zusammen. Dazu gehört auch, dass ich Nahrungsergänzungsmittel zu mir nehme und sehr abwechslungsreich und manchmal aufwendig kochen muss.«

»Ich kann das doch auch lernen«, warf Lina ein. »Ich verspreche, dass ich nicht nur Pommes und Chips esse!«

»Du kannst das ganz bestimmt lernen«, meinte Nike zuversichtlich. »Aber das geht nicht über Nacht. Fang doch erst mal an, vegetarisch zu essen. Verzichte auf Fleisch. Das ist schon eine große Umstellung. Milchprodukte kannst du reduzieren oder ab und zu einfach durch vegane Alternativen ersetzen. Probier mal aus, ob dir Hafermilch schmeckt oder Lupinenjoghurt, und teste, ob du Soja verträgst. Dann lernst du diese Sachen schon mal kennen. Und bei Shampoo, Kleber und Seife kannst du natürlich auch jetzt schon umstellen. Das gilt auch für Kleidung ohne Leder und Schafswolle.«

»Und dann?«, fragte Lina.

»Lass dir Zeit und reduziere langsam den Anteil an tierischen Produkten.«

»Die armen Tiere.« Lina schniefte. »Ich weiß nicht, ob ich jemals wieder Eier essen kann – oder Milch trinken.«

»Du kannst dich trotzdem für den Tierschutz einsetzen«, sagte Tessa. »Dabei unterstütze ich dich gern! Wir kaufen Produkte, bei denen auf Tierschutz und Umweltschutz geachtet wird. Das mache ich auch jetzt schon.«

»Wirklich?« Lina blinzelte ihre Mutter dankbar an.

»Natürlich! Wir schaffen das gemeinsam!« Tessa nahm ihre Tochter in den Arm.

Marie seufzte erleichtert. »Ich helfe auch mit! Wir sind doch ein Team!«

»Widu-diiiiiiii!«, sagte Finn entschlossen und nahm seine Schwestern ebenfalls in den Arm.

Eine Spinne im Einsatz

Die Agentur »Janusz & Stars« befand sich im zweiten Stock eines hübschen Altbaus. Frank Janusz hatte zwei Mitarbeiter, die allerdings gerade zur Mittagspause aufbrachen, als die drei !!! ankamen. Die Mädchen hatten Michelle als Verstärkung dabei. Sie wollte nicht glauben, dass ihr Agent hinter den Briefen und der Sabotage steckte, aber sie war trotzdem mitgekommen.
»Was für eine Überraschung!« Frank Janusz blickte erstaunt von Marie zu Michelle und dann zu Kim und Franzi.
»Ich weiß, dass du um diese Zeit eine kleine Pause machst«, sagte Michelle entschuldigend. »Aber wir haben etwas mitgebracht.« Sie hielt eine Tüte vom Steakhaus hoch. »Dein Lieblingsburger.«
»Wie komme ich zu der Ehre?«, fragte der Agent. Er hatte wieder sein charmantes Lächeln aufgesetzt.
»Marie will sich von dir vertreten lassen«, verkündete Michelle.
»Das sind ja gute Nachrichten! Dann kommt doch herein!«, sagte Frank Janusz fröhlich.
Er führte seine Besucher in einen hellen, breiten Flur. An den Wänden hingen Siebdrucke von Schauspielern und auf den Holzdielen lag ein Teppich mit Sternenmuster. Darauf stand »Walk of Fame« – in Erinnerung an den berühmten Gehweg in Hollywood.
»Kaffee?«, fragte der Agent. »Oder lieber Orangensaft?«
»Nein danke«, antworteten die Mädchen fast einstimmig.

Auch Michelle schüttelte den Kopf.
»Dann gehen wir doch einfach gleich durch in mein Büro.« Frank Janusz wies auf eine offene Tür. Dahinter lag ein Büro mit einem riesigen Schreibtisch. Gegenüber befand sich eine Sitzgruppe mit einem Sofa und zwei Sesseln. Es gab Kissen mit Sternmotiven, eine Lampe in Sternform und eine Stern-Skulptur aus Metall.
»Setzt euch.« Frank Janusz ging zu seinem Schreibtisch und klappte ein paar Mappen zu. Er legte sie auf einen Stapel. Dann gesellte er sich zu seinen Besuchern und wandte sich an Marie. »Du möchtest also von mir vertreten werden?«
»Ich will unbedingt Schauspielerin werden!«, sagte Marie mit Nachdruck. »Aber ich weiß, dass es nicht leicht ist, an Rollen zu kommen.«
»Das stimmt«, bestätigte der Agent. »Ohne professionelle Hilfe wird es schwierig. Allerdings müssten deine Eltern den Vertrag unterzeichnen. Du bist ja noch minderjährig.«
»Klar«, sagte Marie. »Mein Vater ist einverstanden. Aber er hat nur wenig Zeit. Wir können ja heute darüber reden, was Ihre Agentur alles anbietet, und mein Vater kommt dann in den nächsten Tagen vorbei und unterzeichnet den Vertrag.«
»Sehr schön!«, freute sich der Agent. »Du hast eine steile Karriere vor dir. Wenn dein Papa unterschreibt, schlage ich dich für eine Hauptrolle bei den *Power-Girls* vor. Die suchen ja gerade hübsche, talentierte Nachwuchsschauspieler.«
»Das wäre einfach himmlisch!« Marie holte ein Notizbuch aus der Tasche. »Ich habe mir allerdings noch eine ganze Reihe von Fragen notiert. Schließlich habe ich noch nie mit einer Agentur zusammengearbeitet.«

»Kein Problem, schieß los«, sagte Frank Janusz.
»Ich, äh ...«, meldete sich Kim zu Wort. »Ich muss mal auf die Toilette!«
»Im Flur die zweite Tür links«, sagte Frank.
Kim stand auf und verließ das Büro. Sie musste natürlich nicht. Die Aktion war abgesprochen. Während Marie den Agenten mit Fragen löcherte, würde sich Kim umsehen. Die drei !!! hatten entschieden, dass sie dringend Hinweise brauchten. Also passende braune Umschläge, Schuhe mit Steinstaub oder andere Beweismittel. Frank Janusz spähte unterdessen in die Papiertüte mit dem Burger. »Darf ich mir vielleicht gerade noch einen Teller holen?«
Das war ungünstig. Wenn der Agent das Büro verließ, würde er Kim erwischen.
»Das kann ich doch machen.« Michelle stand auf. »Ich weiß ja, wo die Küche ist.«
»Du bist ein Schatz.« Frank Janusz drehte sich wieder zu Marie. »Dann fang mal an.«
Marie war schon bei Frage Nummer fünf, als Kim zurückkam. Sie sah zufrieden aus und nickte ihren Freundinnen kaum merklich zu.
»Ich glaube, ich hätte jetzt doch gern einen Orangensaft«, sagte Marie.
»Na klar.« Frank Janusz stand auf. »Noch jemand?«
Michelle schüttelte den Kopf, aber Franzi hob eine Hand. »Für mich dann auch, bitte.«
Der Agent lief mit zügigen Schritten aus dem Raum. Es ging deutlich schneller, Orangensaft einzuschenken, als Kaffee zu kochen. Marie ärgerte sich, dass sie nicht nach einem Tee ge-

fragt hatte. Eilig sprang sie auf und lief zum Schreibtisch. Franzi stellte sich in der Zwischenzeit in Position. Sie musste eingreifen, wenn es brenzlig wurde. Dafür holte sie ein kleines Kästchen aus ihrem Rucksack und klappte den Deckel hoch.

Durch die offene Tür hörte Marie, wie eine Schranktür geöffnet und dann wieder geschlossen wurde. So leise wie möglich öffnete sie die Schreibtischschubladen. Da waren keine braunen Umschläge. In der ersten Schublade lagen Briefmarken, Stifte, Post-its und ein Locher. In der zweiten befanden sich Büroklammern, ein Handyladegerät, Karteikarten und Hustenbonbons. Erst in der dritten Schublade wurde sie fündig. Eine angebrochene Packung Diätpillen und ein Buch mit dem Titel »Schön und schlank mit der Turbo-Diät«. Gläser klirrten aneinander. Marie schoss ein Foto vom Inhalt der Schublade und warf dann einen schnellen Blick auf den Schreibtisch. Da waren die Mappen, die der Agent kurz zuvor beiseitegelegt hatte. Die Namen darauf sagten ihr nichts. Doch dann las sie »Saturn-Prinzessin«. Sie klappte die Mappe auf.

Schritte erklangen im Flur. Marie warf Franzi einen panischen Blick zu. Das war viel zu früh. Höchste Zeit, ihren Notfallplan durchzuziehen! Marie kreischte auf. Franzi ließ das leere Kästchen im offenen Rucksack verschwinden. Auf den hellen Holzdielen vor der Sitzecke saß eine dicke, fette Spinne. Es war eins von den Exemplaren, die bei den Winklers im Stall lebten. Marie musste keinen Ekel vortäuschen. Die Spinne war schrecklich. Langsam bewegte sie ihre acht Beine.

»Igitt!«, entfuhr es Kim.

Inzwischen hatte auch der Agent das Büro betreten. Er hielt

ein Tablett mit gefüllten Gläsern in der Hand und sah sich erschrocken um. »Was ist los?«

Marie wich mit einem erneuten Aufschrei zurück und streifte dabei den Stapel auf dem Schreibtisch. Die Mappen fielen mit einem »Flatsch« auf den Boden.

»Mach das Vieh weg! Mach es weg!« Maries Stimme war schrill und verzweifelt.

»Ich fasse die nicht an!«, erklärte Kim.

»Eine Spinne!«, entfuhr es Frank Janusz. »Und was für eine!«

»Ich kann Spinnen nicht ertragen!«, jaulte Marie. Sie presste ein paar Tränen hervor. »Mach die weg!«

»Haben Sie ein Handtuch?«, mischte sich Franzi ein.

»Aber sicher«, antwortete Frank verwirrt. Er stellte das Tablett auf einem Regal ab und verschwand wieder.

Marie versuchte, nicht auf die Spinne zu achten, die nun ausgerechnet in ihre Richtung krabbelte. Sie klappte die Mappe vor sich auf und machte schnell ein Foto mit dem Handy.

Franzi sprang dem Agenten entgegen und blockierte so die Tür. »Wunderbar. Ich fange die Spinne ein und bringe sie dann hinaus.«

»Danke, das wäre toll.«

Marie ließ ihr Handy in die Tasche gleiten und wich zur Wand hinter dem Schreibtisch zurück. »Ich bekomme keine Luft mehr!«

»Ganz ruhig!«, sagte Franzi. Sie warf das Handtuch über die Spinne und hob sie vorsichtig auf. »Ich werde sie nach unten bringen. Schräg gegenüber habe ich ein Carport gesehen. Da fühlt sie sich bestimmt wohler als hier im Büro.«

Nun stand Kim auf und sammelte die heruntergefallenen Mappen auf. Während sie alle fein säuberlich auf den Tisch legte, warf sie Frank Janusz einen entschuldigenden Blick zu. »Marie hat eine Spinnenphobie. Und zwar so schlimm, dass sie noch nicht einmal Spinnen aus Plastik anfassen kann.«
Marie wischte sich über das Gesicht. »Ich dachte, mein Herz bleibt stehen.«

Detektivtagebuch von Kim Jülich
Freitag, 15:00 Uhr
Frank Janusz ist der gesuchte Täter! Garantiert. Im Flurschrank habe ich schwarze Stiefel gefunden. Sie waren ganz frisch geputzt, aber im Profil der Sohlen befanden sich noch Reste von Gesteinspulver, und die Bürste im Schuhputzkasten wies ebenfalls solche Spuren auf. Frank Janusz hat die Stiefel im Büro gereinigt, weil er damit schlecht zu Hause aufkreuzen konnte. Michelles Mutter hätte sich bestimmt über den Dreck gewundert und vielleicht sogar unangenehme Fragen gestellt.
In der Ecke mit dem Drucker und dem Kopierer gab es eine Ablage mit Umschlägen. Auch dort bin ich fündig geworden. Braune Umschläge! Das ist als Beweis natürlich viel zu wenig. Die Umschläge kann man überall kaufen. Aber Marie konnte im Büro ein entscheidendes Foto schießen. In einer Mappe befand sich ein Infobogen von der Filmfirma mit dem Rollenprofil für die Saturn-Prinzessin. Darauf klebte ein kleiner Notizzettel. Man kann es auf dem Foto genau erkennen: »BMI 19–24. Gerne 18! Aber min. –15 KG!«
Auf den ersten Blick klingt das wie eine Geheimbotschaft, aber Marie kannte sich zum Glück aus. Man muss wohl nur genü-

gend Lifestyle-Magazine lesen, um damit etwas anfangen zu können. BMI bedeutet Body-Mass-Index und ist so eine Art Formel für das empfohlene Gewicht. Das Idealgewicht von Frauen liegt zwischen einem Wert von 19 und 24. 18 wäre dann schon Untergewicht. Anscheinend wäre ein BMI von 18 für die Rolle erstrebenswert. Den Rest verstehe ich so, dass Michelle für die Rolle mindestens 15 Kilo abnehmen muss, sonst wird sie nicht genommen. Doch das gilt es noch zu überprüfen.
Auf dem Infobogen befindet sich zum Glück die Kontaktperson bei der Filmfirma. Marie hat da schon angerufen und sich als Aushilfe von Frank Janusz ausgeben, aber sie ist nicht durchgestellt worden. Entweder klang sie zu jung oder die Dame ist wirklich so beschäftigt, dass sie keine Zeit für ein Telefonat hat. Marie wird mit ihrem Vater sprechen. Helmut Grevenbroich kann so ziemlich jede Männerstimme imitieren. Ich wette, er legt einen einwandfreien Frank Janusz hin.

Geheimes Tagebuch von Kim Jülich
Freitag, 15:30 Uhr
Wer dieses geheime Tagebuch liest, ist ein echter BMI – ein bemerkenswert mieser Intrigant!
Strike! David hat mich eben angerufen. Er hat so gelacht, als er meinen Text gelesen hat. Als Liebesszene taugt es nicht viel, aber er meinte, dass er sehr gut unterhalten wurde. Jetzt wird er versuchen, die beiden Liebenden zusammenzubringen. Wir haben uns dann auch gleich für das Festival morgen verabredet.
Großen Alarm gab es eben noch bei Franzi. Der Router der Winklers hat den Geist aufgegeben. Der Chat mit Blake fiel daher aus.

Körperverletzung

»Es gibt sogar ein Video von ihm!« Marie klickte einen Link an. Seit dem Besuch in der Agentur waren nun schon mehrere Stunden vergangen. Sie hatte versucht, sich zu der Leitung des Castings durchstellen zu lassen, war jedoch gescheitert. Ohne erwachsene Hilfe würden die drei !!! ausnahmsweise nicht weiterkommen. »Frank Janusz erklärt, was ein Schauspielagent macht und wer sich bei ihm bewerben kann.«

»Ich kenne den Mann doch«, wandte Herr Grevenbroich ein. Er war heute früh vom Dreh zurückgekommen und saß nun neben Marie vor dem Computer. Maries Vater hatte sich bereit erklärt, den drei !!! zu helfen. Dafür hatte Marie ihm allerdings auch etwas über den Fall berichten müssen.

»Die Filmbranche ist manchmal hart«, fand er. »Doch das heißt nicht, dass man das automatisch so hinnehmen muss.«

»Das werden wir auch nicht. Aber du musst dich für unseren Plan gut vorbereiten.« Marie startete das Video und achtete dieses Mal genau auf die Stimme des Agenten. Das tat auch ihr Vater. »Mittlere Tonlage. Nasal, mit harten Konsonanten«, fasste er zusammen. »Das ist nicht schwer.«

Marie reichte ihm das Telefon und einen Zettel, auf dem sie sich die Nummer der Filmfirma notiert hatte. »Die Frau heißt Lynn van Dampen und leitet das Casting.«

Herr Grevenbroich nickte. Dann sagte er: »Fischers Fritze fischt frische Fische. Marmelade und Blaukraut und ein Brautkleid. Danke schön. Guten Tag.«

Marie wunderte sich nicht darüber. Das waren nur Sprechübungen. Ihr Vater suchte nach der richtigen Tonlage. Schließlich nickte er und gab die Nummer ein. Marie drückte so fest die Daumen, dass es wehtat.

»Ja, guten Tag«, sagte Helmut Grevenbroich in einer gekonnten Imitation von Frank Janusz' Stimme. »Frank Janusz hier, von der Agentur *Janusz & Stars*. Ich möchte Frau van Dampen sprechen.«

Dieses Mal hatte die Frau offensichtlich Zeit. Herr Grevenbroich meldete sich erneut als Frank Janusz und kam dann direkt auf sein Anliegen zu sprechen. »Ich weiß nicht, ob Michelle bis zum Casting das Wunschgewicht hat. Deshalb wollte ich fragen, welchen Spielraum ich habe.« Er drückte die Lautsprechertaste, sodass Marie mithören konnte.

»Herr Janusz, wir haben das Thema nun schon mehrfach besprochen«, sagte Frau van Dampen ungehalten. »Wir wollen Michelle, aber nur unter den vereinbarten Konditionen. Hat sie sich schon bei der Schönheitsklinik gemeldet?«

»Soweit ich weiß, ja.«

»Gut. Die Zeit läuft Ihnen nämlich davon.«

»Michelle ist ein Star. Sie wird auch mit etwas Übergewicht beim Casting punkten.«

Frau van Dampen gab ein verächtliches Geräusch von sich. »Meine Kollegen kann sie vielleicht überzeugen. Aber ich habe auch noch ein Wörtchen mitzureden. Außerdem waren Sie bislang doch eindeutig meiner Meinung. Kommen Sie mir also nicht mit einem plötzlichen Sinneswandel!«

»Nein, nein. Das Übergewicht muss reduziert werden«, sagte Herr Grevenbroich mit verstellter Stimme. »Wir haben bereits mehrere Maßnahmen eingeleitet.«

»Wie Sie das anstellen, interessiert mich nicht«, sagte Frau van Dampen. »Von mir aus können Sie ihr Diätpillen ins Essen streuen, aber halten Sie mich da raus. Alles, was zählt, ist, dass ich zum Dreh eine schöne, schlanke Frau als Saturn-Prinzessin vorweisen kann.«

Als Helmut Grevenbroich auflegte, seufzte er. »Bei der möchte ich nicht im Casting sitzen.«

»Ich auch nicht«, gab Marie zu. »Aber immerhin wissen wir jetzt, dass Frank Janusz den Filmleuten versprochen hat, dass Michelle radikal abnimmt.«

»Das hätte er Michelle mal persönlich sagen sollen.« Maries Vater kratzte sich am Kinn. »Stattdessen veranstaltet er so einen Budenzauber.«

»Er hatte Angst, dass Michelles Mutter Wind von der Sache bekommt«, erklärte Marie. »Die hat ihm nämlich streng verboten, Michelle zu einer Diät zu drängen. Am Ende hätte er seine Freundin verloren und vermutlich auch noch Michelle als Klientin.«

»Was habt ihr denn jetzt vor?«

Marie musste nicht lange überlegen. »Herr Janusz wollte heute Abend mit Michelles Mutter bei der Generalprobe vorbeikommen. Dann werden wir ihn zur Rede stellen.«

»Da werde ich wohl besser mitkommen«, entschied Herr Grevenbroich.

»Nein, Papa. Du musst doch mit Finn zum Trommelkurs fahren. Der beginnt in einer halben Stunde!«

»Es wird Zeit, dass Oma Agnes und Opa Herbert ein Haus in der Nähe finden«, sagte Herr Grevenbroich. »Sonst brauchen wir wieder ein Au-pair.«

»Wir müssen eben viel öfter im Internet nach Häusern gucken«, fand Marie. »Am Wochenende fangen wir damit an.«
»Das machen wir. Wollen wir jetzt bei Kommissar Peters anrufen? Wir sollten diese Sache mit der Brandstiftung unbedingt melden. Und die Schreiber von Drohbriefen kann man auch anzeigen.«
»Wir regeln das schon!«, versprach Marie. Aber sie konnte deutlich sehen, dass ihr Vater anderer Meinung war.

Frank Janusz trank einen Kaffee in der Abendsonne. Er saß auf einer Holzbank, die jemand aus alten Paletten gebaut hatte. Überall auf dem Gelände befanden sich jetzt solche Sitzgelegenheiten. Sie wirkten schick und robust gleichzeitig. Nur Kim amüsierte sich darüber: »Ich wette, man wird später von einer Paletten-Epoche sprechen. Mir kommt es so vor, als wäre mittlerweile jedes zweite Möbelstück aus den Dingern gebaut.«
»Der Zeitpunkt ist günstig!«, flüsterte Marie. »Michelles Mutter ist nicht in Sicht.«
»Hallo«, begrüßte Frank die Mädchen, wobei er eigentlich nur Marie ansah.
»Ich würde gern mit Ihnen sprechen.«
»Hast du noch Fragen?« Frank Janusz lächelte gewinnend.
»In der Tat.« Marie lächelte zurück, aber ihre Stimme war kühl und sachlich. »Doch zunächst möchte ich Sie grüßen. Und zwar von Lynn van Dampen.«
»Oh«, machte der Agent. »Wie nett. Ihr kennt euch?«
»Ich finde es sehr interessant, was Sie mit Frau van Dampen besprochen haben«, sagte Marie. »Aber ich frage mich wirk-

lich, wo die fehlenden Diätpillen aus Ihrer Büroschublade geblieben sind. In Michelles morgendlichem Kaffee?«
Frank Janusz starrte Marie alarmiert an, brachte jedoch keine Antwort hervor.
»Ich frage mich auch, ob Sie schon mit der Schönheitsklinik telefoniert haben oder ob Sie dafür keine Zeit hatten. Schließlich mussten Sie die Bühne anzünden, Fett verteilen, Drohbriefe schreiben und die Poster am Stand der Initiative zerstören.«
»Das war ich nicht!«, knurrte Frank Janusz. Er stand so schwungvoll auf, dass Kaffee auf sein hellblaues Button-down-Shirt schwappte. »Mist!«
»Wir haben Sie nach der Brandstiftung bis zum Steinbruch verfolgt«, sagte Marie. »An Ihren Stiefeln befanden sich noch Überreste von Steinstaub. Das haben wir dokumentiert. Und für die Sabotage am Stand haben wir einen Zeugen, der Sie von der Wiese aus beobachtet hat.«
Kim nickte. »Sie hatten Zugang zu den Tatorten, verfügen über das nötige Wissen und auch über das nötige Geld – zum Beispiel, um die Wahrsagerin zu bestechen.«
Franzi blickte den Mann düster an. »Zusammengenommen ist die Beweislast erschlagend! Sie können sich nicht herausreden.«
»Spätestens, wenn wir Michelle von Ihrer Verabredung mit Frau van Dampen berichten, wird sie sich eine neue Agentur suchen«, verkündete Marie.
»Dann werdet ihr eben nichts berichten«, sagte Frank Janusz scharf. »Ich schätze, ihr könnt die Klappe halten.«
»Warum sollten wir?«, fragte Marie zurück.

»Weil ich euch fünfhundert Euro zahle. Das ist ein hübsches Taschengeld!«

Kim lachte. »Wir sind nicht bestechlich – im Gegensatz zu der Wahrsagerin.«

»Haben diese Idioten von der Initiative euch also auch schon die Köpfe verdreht?« Frank Janusz' Gesicht war nun von Wut verzerrt. »Glaubt ihr auch daran, dass jeder schön ist? Ich nicht! Schönheit ist Arbeit! Man muss etwas dafür tun, Opfer bringen. Und so ist es auch in der Filmwelt. Man bekommt nichts geschenkt!« Seine Stimme überschlug sich beinahe. »Michelle könnte ein Weltstar sein! Sie würde den Ruhm ernten, der so vielen verwehrt bleibt. Aber nein, sie ist nicht bereit, dafür ein paar Kilo abzunehmen. Weil diese Dumpfbacken von *#echtschön!* ihr eine Gehirnwäsche verpasst haben. Andere Stars hungern, trainieren bis zum Umfallen oder lassen sich ihre Schönheitsmängel wegoperieren. Aber nicht Michelle. Sie stellt sich lieber für eine dämliche Aktion auf die Bühne und stiftet leichtgläubige Mädels dazu an, den ganzen Tag Schokolade zu fressen. Da kann einem ja nur der Kragen platzen!«

»Sie wissen selbst, dass die Initiative das nicht tut!«, sagte Kim vorwurfsvoll. »Es geht sehr wohl auch darum, gesund zu leben. Und sich mit seinem eigenen Körper zu versöhnen und keinen Krieg zu führen.«

»Als V.I.P. kommt man um genau diesen Krieg nicht herum!«, donnerte Frank Janusz.

»Das wird sich zeigen«, sagte Marie. »Nur dass Sie dabei wohl keine Rolle mehr spielen werden.«

»Ich habe das für Michelles Karriere gemacht und für den

Rest der Menschheit gleich mit. Dieses Geseier, dass jeder schön ist, ist nicht zu ertragen! Schönheit ist schützenswert! Und dieses Gespräch ist hiermit beendet!«

»Danke. Aufzeichnung ebenfalls beendet.« Kim zückte ein Handy. »Damit gehen wir jetzt zu Michelle und ihrer Mutter.«

»Du kleine Ratte!«, brüllte Frank. Im nächsten Moment entdeckte er die Polizisten, die zielstrebig in Richtung Bühne kamen.

Marie stöhnte leise. Ihr Vater hatte also doch bei Kommissar Peters angerufen. Genau das hatte sie schon befürchtet.

Frank Janusz packte Kim am Arm. »In den Wald! Los!«

»Was haben Sie vor?«, fragte Marie entsetzt.

Der Agent blickte sich panisch um. »Keine Spielchen! Oder ich tue deiner Freundin ernsthaft weh! Wenn eine von euch schreit, breche ich der hier den Arm!« Er schob Kim am Schilfgürtel entlang zum Zaun. »Schneller!« Im Gehen riss er ihr das Handy aus den Händen und warf es ins Wasser. »Da gehen eure Beweise unter!«, knurrte er.

»Wir können doch trotzdem gegen Sie aussagen«, sagte Franzi ungeduldig. »Das, was Sie hier machen, ist totaler Quatsch!«

Kim brachte einen erstickten Schmerzenslaut hervor.

»Denk an ihren Arm!« Der Mann trieb die Mädchen durchs Schilf um das Ende des Zauns herum.

»Das Spiel ist aus«, presste Kim hervor. »Falls Sie uns in den Steinbruch werfen wollen, rate ich Ihnen davon ab. Dann sind Sie nicht nur Ihre beste Klientin los, sondern auch Ihre Agentur und Ihre Freiheit. Kommissar Peters weiß bereits von unserem Verdacht und wird Ihnen auf die Schliche kommen. Sie landen für Jahrzehnte im Gefängnis.«

»Halt die Klappe!«, brüllte Janusz.

»Au!« Kim verzog ihr Gesicht und stöhnte auf.

»Verdammt!« Er ließ Kim los und stieß sie von sich. Schnell rannte er in Richtung Steinbruch davon.

»Der macht sich vom Acker.« Franzi sah ihm voller Abscheu hinterher. »Aber er kann sich nicht ewig verstecken.«

Kim rieb sich den Arm. »Das war Körperverletzung!«

»Brauchst du einen Arzt?«, fragte Franzi mitfühlend.

»Es geht schon«, gab Kim zurück. Sie zog mit der anderen Hand ein Handy aus ihrer Tasche. »Ich habe alles aufgenommen. Im See liegt das kaputte Handy von meinem Papa. Er hat es mir gegeben, weil es nicht mehr repariert werden konnte.«

»Dann hast du Janusz getäuscht?«, fragte Marie begeistert.

»Glaubst du, ich halte einem Täter das Beweisstück unter die Nase?«, fragte Kim.

»Wir müssen das trotzdem wieder aus dem See holen!«, sagte Franzi. »Technikschrott gehört nicht ins Wasser.«

Schon war sie unterwegs, um den Schilfgürtel nach dem Gerät abzusuchen.

Marie und Kim verzichteten ausnahmsweise darauf, ihrer Freundin zu helfen. Sie wollten die Aufnahme in Sicherheit bringen und mit den Polizisten sprechen. Es würde einiges zu klären geben – auch mit Michelle und deren Mutter.

Echt schön!

Das Wetter war wie gemacht für ein Festival. Am Samstagnachmittag stieg die Temperatur auf 25 Grad. Der Himmel war nahezu wolkenlos. Die drei !!! waren schon seit dem Frühstück am See und halfen Tessa und den Leuten von *#echtschön!* bei den letzten Vorbereitungen. Die Getränkebuden waren aufgeklappt, am Grill wurde die Kohle angezündet und die Musiker stimmten ihre Instrumente. Eine vorfreudige Anspannung lag in der Luft.

»Lampenfieber?«, fragte Michelle, als sie Marie, Kim und Franzi am T-Shirt-Stand besuchte. Sie hatte sich schon für ihre Rolle als Märchenerzählerin geschminkt und sah bezaubernd aus.

»Etwas«, gab Marie zu.

»Das gehört dazu.« Michelle lächelte. Dann wurde ihr Gesicht ernst. »Ich weiß gar nicht, wie ich euch danken soll.«

»Das haben wir doch gern gemacht«, erklärte Kim.

»Wie geht es dir denn jetzt?«, fragte Marie.

»Gut und schlecht«, gab Michelle zu. »Ich bin erleichtert, dass ihr Frank überführt habt. Aber ich fühle mich gleichzeitig auch ziemlich verraten. Das war eine miese Nummer von ihm! Ich kann es nicht fassen, dass er mir sogar Diätpillen in den Kaffee gemischt hat!«

»Wie kommt deine Mutter damit klar?«, wollte Kim wissen.

»Sie ist richtig sauer auf ihn«, sagte Michelle. »Und das ist auch gut so. Die Wut ist gerade stärker als ihre Enttäuschung. So ist es ihr nicht schwergefallen, die Beziehung zu beenden.«

»Trotzdem wäre es mir lieber gewesen, wenn die Jungs von *FDH* die Schuldigen gewesen wären«, meinte Marie. »Das hätte vieles leichter gemacht.«

»Das stimmt«, fand auch Michelle. »Aber ich lasse mich nicht unterkriegen. Dein Vater hat mir schon eine gute Agentur empfohlen. Außerdem hat mir die Arbeit mit Amanda so gefallen, dass ich gern mehr am Theater machen möchte.«

»Und die Saturn-Prinzessin?«, fragte Franzi.

»Ich kann und will keine fünfzehn Kilo abnehmen«, entschied Michelle. »Entweder nehmen sie mich, wie ich bin, oder ich suche nach anderen Angeboten. Abgesehen davon macht mir der Job bei der *Vorstadtklinik* viel Spaß. So ein nettes Team finde ich nicht so schnell wieder.«

Marie war erleichtert. Michelle würde sich garantiert selbst treu bleiben und ihren Weg gehen. Da war sie sich sicher.

»Ich habe schon gehört, dass ihr kein Honorar nehmt«, sagte Michelle. »Aber ich würde euch trotzdem gern etwas schenken.«

»Das musst du wirklich nicht«, sagte Franzi mit Nachdruck.

»Hm«, machte Kim. »Es gibt da eine Sache ...«

»Sprich es ruhig aus.« Michelle sah sie aufmunternd an.

Kim lächelte. »Ich schreibe doch den Bericht für unsere Schülerzeitung. Da wäre es toll, zusätzlich auch ein Exklusiv-Interview mit dir abzudrucken.«

»Das bekommst du«, verkündete Michelle und strahlte.

Eine Stunde später war das Festival bereits in vollem Gange. Die Luft roch nach Bratwürstchen und Zuckerwatte. Ein Zauberer zog Kim im Vorbeigehen eine Blume aus dem Ohr.

Eine Frau in einem märchenhaften Kleid spielte Akkordeon und neben dem Zelt der Initiative jonglierten ein paar Artisten mit Bällen. Auf der schwimmenden Bühne wurden ebenfalls Kunststücke aufgeführt. Eine besonders lange Schlange hatte sich am Getränkestand neben dem *Beach Club* gebildet. Kaum zu glauben, dass das der letzte Samstag in den Sommerferien war. Marie schloss die Augen. Sie nahm den Duft von Sonnencreme wahr – vermischt mit einem Duschgel, das ihr sehr bekannt vorkam. »Holger!«, rief sie. Dann drehte sie sich um und öffnete die Augen. Tatsächlich stand er direkt vor ihr. Marie fiel ihm um den Hals. »Schön, dass du da bist!«
»Ich wollte doch deinen Auftritt nicht verpassen!«
»Auftritt!« Marie sah auf die Uhr. »Ich muss los.« Sie nahm Holger an der Hand. »Komm mit!«
Gemeinsam mit Kim und Franzi machten sie sich auf den Weg zum großen Zelt. Heute waren die Zeltwände an mehreren Stellen zusammengerollt und hochgeklappt worden, sodass man auch vom Zelt aus einen herrlichen Blick auf den See hatte. Die Stühle standen zusammengeklappt in einer Ecke. Die Crew würde sie später für die Lesung aufstellen. Beim Konzert störten sie nur.
Als Marie zur Bühne kam, lächelte ihr Fabian kurz zu. Er stimmte gerade seine E-Gitarre. Doch Marie suchte den Blick von Moppe. Endlich sah er auf und nickte ihr kaum merklich zu. Marie hoffte, dass alles klappen würde. Seit gestern gab es nämlich einen neuen Plan, der *FDH* noch mehr zusetzen würde als der ausgetauschte Songtext.
Im Zelt wurde es immer voller. Inzwischen war auch David aufgetaucht und hatte einen Arm um Kims Schultern gelegt.

Hannes machte einen letzten Check und Damian gab dem Soundtechniker noch ein paar Anweisungen. Moppe stellte ein Mikrofon an den Rand der Bühne. Dort sollte Marie nachher auftreten. Sie sah sich um. Wo war Solveig? Moppe schien sich ebenfalls nach dem Mädchen umzusehen.
Fabian trat ans Mikro. »Ihr hört *FDH*!«, brüllte er.
Das Publikum jubelte.
»Und zur Einstimmung spielen wir extra für euch das Lied *Sonnenbrand.* Macht euch bereit!«
Gleich nach den ersten Takten begannen mehrere Zuhörer zu tanzen. Die Jungs holten alles aus ihren Instrumenten heraus. Marie wippte mit dem Fuß. Das Lied war erstaunlich gut, wenn man von dem einfältigen Text absah.
»Ich habe Sonnenbrand. Sonnenbrand. Im Gesicht und auf der Hand!«, sang Fabian. »Sonnenbrand!«
Ungeduldig hielt Marie Ausschau. Aber erst, als das zweite Lied verklang, tauchte Solveig auf. Ausnahmsweise hatte sie keinen bösen Blick für Marie. Ganz im Gegenteil. Sie sah nervös aus.
»Es wird schon klappen«, versprach Marie. Aber eigentlich war sie sich da gar nicht so sicher.
»Jetzt kommt ein echt besonderer Song!«, rief Fabian. »Und wir singen ihn nicht allein. Das schönste Mädchen der Stadt wird uns unterstützen.« Er zwinkerte Marie zu, die am Rand der Bühne bereitstand.
Sie streckte beiden Daumen hoch. Dann begann das Intro. Hannes griff schwungvoll in die Tasten, Fabian beugte sich zum Mikro und begann von der Liebe auf den ersten Blick zu singen. Den Text kannte Marie ja schon. Schöne Beine, lange

Haare und was sich so darauf reimte. Dagegen war *Sonnenbrand* geradezu hochintelligent gewesen. Schließlich kam das Gitarrensolo. Laut Plan sollte Marie nun auf die Bühne steigen, sich bewundern lassen und dann ihre Strophe singen. Doch sie tat es nicht. Stattdessen drückte sie sanft, aber bestimmt Solveigs Schulter. Die schloss kurz die Augen, bevor sie die vier Stufen erklomm und vor das Mikrofon trat. Fabian verspielte sich. Das war nicht das Mädchen, das er angekündigt hatte! Damian setzte kurz mit dem Bass aus. Nur Moppe, der Bescheid wusste, gab weiter den Beat. Zeit für den Einsatz.
»Ich kann dir nicht glauben. Liebe ist mehr …«, sang Solveig. Marie bekam eine Gänsehaut. Solveigs Stimme war wunderschön. Das wusste Marie zwar schon von den Theaterproben, aber bei diesem Lied gab Solveig alles. Damit hätte sie locker jede Jury beim Gesangs-Casting überzeugt.
»… als nur ein Blick. Schau doch her! Mit all meinen Fehlern, mit Narben und Wut. Mit geheimen Stärken und verborgenem Mut.«
Moppe sah seine Ex-Freundin an, als wäre sie das Großartigste auf der ganzen Welt. Er strahlte von einem Ohr zum anderen, während er das Schlagzeug bediente. Die anderen Jungs strahlten nicht. Sie wirkten eher so, als hätten sie einen Geist gesehen.
»Siehst du meine Seele? Bist du bereit? Ich habe tausend Facetten und nicht nur ein Kleid«, beendete Solveig ihren Auftritt.
Die Zuhörer klatschten – mitten im Lied.
»Ich liebe dich!«, brüllte Moppe. »Solveig, ich liebe dich!«
Als Solveig die Stufen hinabstieg, zitterte sie etwas. Ihre Au-

gen schimmerten verdächtig, aber dann trat ein erleichtertes Strahlen auf ihr Gesicht.
»Danke«, sagte sie zu Marie. Mehr brachte sie nicht heraus.
»War das abgesprochen?«, fragte Holger, als sie wieder ins Freie traten.
»Kim hat den Text geschrieben und wir haben Moppe gebeten, mit Solveig zu üben«, erklärte Marie. »Die beiden waren bis vor Kurzem ein Paar. Und mit etwas Glück kommen sie jetzt auch wieder zusammen.«
»Sie war super!«, fand Franzi. »Ich hätte fast losgeheult, so schön hat sie gesungen.« Leise fügte sie hinzu: »Und ich musste so an Blake denken.«
»Und jetzt?« David sah die Mädchen fragend an.
Kim schaute auf die Uhr. »Ich würde sagen, wir suchen uns langsam Plätze vor der Bühne am See. Das Theaterstück geht in einer Viertelstunde los.«
Marie nickte. »Ich bin schon geschminkt, aber ich muss mich noch umziehen.«
»Dann beeil dich!«, sagte Franzi.
»Hals- und Beinbruch«, wünschte Kim.
David sah seine Freundin erschrocken an.
»Das sagt man beim Theater.« Kim lachte. »Es bringt Glück!«

Die Wünsche schienen zu helfen. Vielleicht war das Team vom Theater aber auch einfach sehr gut vorbereitet.
Michelle trat im bunten Mantel der Märchenerzählerin auf die Bühne und erzählte von der Prinzessin, die sich in ihrem Schloss versteckte, weil sie Angst vor Ablehnung hatte. Solveig

trat auf die Bühne und die Handlung begann. Die Zuschauer sahen, wie Solveig einen Prinzen rettete und für ihn sang. Michelle erklärte, dass Solveig sich unsterblich verliebt habe und nun die Hilfe der Seehexe benötigte.
Aus dem Publikum hörte man eine Kinderstimme: »Tu das nicht, die ist böse!«
»Gar nicht!«, brüllte eine weitere Kinderstimme. Herr Grevenbroich saß mit Finn auf dem Schoss direkt vor der Bühne. »Das ist meine Schwester! Und die ist ganz lieb! Die tut nur böse, weil sie eine Theaterin ist!«
Marie unterdrückte ein Lachen, als sie auftrat. Die Rolle der Hexe beherrschte sie mittlerweile im Schlaf. Mit kalter Stimme bot sie der Prinzessin einen grausamen Handel an: Sie musste für einen perfekten Körper ihre wunderschöne Stimme hergeben. Gelang es ihr nicht, den Prinzen zu heiraten, würde sie ihren alten Körper zurückerlangen und niemals geliebt werden.
Solveig spielte unter dem Applaus der Zuschauer die Verwandlung. Grünlicher Rauch stieg auf. Solveig warf sich selbst einen Schleier über und zog eine sehr dünne Marionette mit langen blonden Haaren hinter ihrem Rücken hervor. Damit spielte sie die verwandelte Prinzessin. Genau wie in der Märchen-Vorlage scheiterte das Vorhaben, den Prinzen zu heiraten, aber in dieser Fassung wurde Solveig am Ende mit dem Bruder des Prinzen glücklich. Der hatte sich bereits in sie verliebt und konnte dadurch den Fluch brechen. Marie legte als Hexe einen großartigen Wutanfall hin. Sogar Finn guckte etwas ängstlich.
»Ich drehe durch! Das kann doch nicht sein!«, brüllte sie.

Michelle stand von dem Stuhl auf. »Die Hexe verstand nicht, dass ihre Macht gebrochen war. Die Prinzessin jedoch studierte Wirtschaft und Politikwissenschaft und wurde Jahre später eine erfolgreiche Königin. Sie regierte weise und fair und führte eine glückliche Beziehung mit dem Bruder des Prinzen. Und wenn sie nicht gestorben sind, dann leben sie noch heute.«

Die Schauspieler kamen alle auf die Bühne, um sich zu verbeugen. Es gab tosenden Applaus. Zum Schluss trat Michelle noch einmal allein nach vorn. »Ich danke euch allen fürs Zuschauen. Das Stück ist eine echte Herzensangelegenheit. Im echten Leben gibt es vielleicht keine Hexen, aber es gibt Menschen, die uns dazu bringen, unmögliche Ideale zu verfolgen. Wir nehmen für die Schönheit manchmal sehr viel in Kauf. Und wir setzen unsere Gesundheit aufs Spiel. Dabei sollten wir uns selbst und andere Menschen nicht leichtfertig verurteilen. Wir müssen alle lernen, einen glücklichen und gesunden Mittelweg zu finden. Einen Weg, der zu uns passt. Und das ist nicht so leicht, wie es klingt. Deshalb bin ich dankbar, dass es Leute gibt, die dabei helfen. Ich danke der Initiative *#echtschön!* für ihren großartigen Einsatz und lade euch alle ein, beim Stand vorbeizuschauen. Es lohnt sich. Ich wünsche euch noch einen wunderschönen Abend!«

Erneut gab es tosenden Applaus. Michelle verbeugte sich ein letztes Mal und trat dann zu den drei !!!.

»Du warst super!«, sagte Marie.

»Du aber auch«, fand Michelle. »Ich würde sagen, die Premiere war ein voller Erfolg!«

Als die Dämmerung einsetzte, kuschelte sich Marie an Holger. Sie saßen gemeinsam mit Kim, David und Franzi auf drei Bänken aus Paletten. Die bunten Lampions spiegelten sich im See. Über dem Wald ging der Mond auf – eine helle, dünne Sichel. Die Farben des Himmels reichten von Gelb über ein zartes Rosa bis hin zu einem tiefdunklen Blau.

Am *Beach Club* wurden Fackeln in den Sand gesteckt und angezündet. Auf der schwimmenden Bühne begann die Show der Elfen. Eine Blüte aus Licht öffnete sich und Artisten kletterten hinaus. Es war ein wunderschönes Schauspiel. Franzi machte ein Foto nach dem anderen. Die würde sie Blake später alle schicken. Zwischendurch textete sie ihm kurze Nachrichten mit vielen Kuss- und Herz-Emojis. Es war ihr anzusehen, dass sie Blake gerade an diesem Abend schrecklich vermisste. Aber Franzi war eine Kämpferin und Blake war nicht für immer fort. Franzi würde die Monate ohne ihn überstehen. Kim hingegen hatte ihren Kopf auf Davids Schulter gelegt und sah vollkommen zufrieden aus.

Marie überlegte, wie es ihr selbst ging. Das war gar nicht so leicht zu beantworten. Sie fühlte sich nämlich glücklich und gleichzeitig auch etwas melancholisch. Die Ferien gingen zu Ende und der Sommer wurde zum Herbst. Obwohl noch ein paar Grillen zirpten, bildete sich am Waldrand ein feiner Nebelschleier über dem Wasser. Bald würde sie wieder jeden Tag volles Programm haben. Sie seufzte.

Holger drehte sich zu ihr. »Alles in Ordnung?«

Marie nickte. Sie sah Holger an. Bunte Lichtflecken tanzten über sein Gesicht. Er hatte Konfetti im Haar. »Alles ist gut«, sagte sie und dann gab sie ihm einen sanften Kuss.

Die drei !!!

Clevere Girls knacken jeden Fall!

- ☒ Die Handy-Falle
- ☐ Betrug beim Casting
- ☐ Gefährlicher Chat
- ☐ Gefahr im Fitness-Studio[e]
- ☐ Tatort Paris[e]
- ☐ Skandal auf Sendung[e]
- ☐ Skaterfieber[e]
- ☒ Vorsicht, Strandhaie![e]
- ☐ Im Bann des Tarots[e]
- ☐ Tanz der Hexen[e]
- ☐ Kuss-Alarm[e]
- ☐ Popstar in Not[e]
- ☒ Gefahr im Reitstall
- ☐ Spuk am See[e]
- ☐ Duell der Topmodels[e]
- ☐ Total verknallt![e]
- ☐ Gefährliche Fracht[e]
- ☐ VIP-Alarm[e]
- ☐ Teuflisches Handy
- ☐ Beutejagd am Geistersee[e]
- ☐ Skandal auf der Rennbahn[e]
- ☐ Jagd im Untergrund[e]
- ☐ Undercover im Netz[e]
- ☐ Fußballstar in Gefahr[e]
- ☐ Herzklopfen![e]
- ☐ Tatort Filmset[e]
- ☐ Vampire in der Nacht[e]
- ☒ Achtung, Promi-hochzeit![e]
- ☒ Panik im Freizeitpark[e]
- ☒ Falsches Spiel im Internat[e]
- ☐ Betrug in den Charts[e]
- ☐ Party des Grauens[e]
- ☐ Küsse im Schnee[e]
- ☐ Brandgefährlich![e]
- ☐ Diebe in der Lagune[e]
- ☐ SOS per GPS[e]
- ☐ Mission Pferdeshow[e]
- ☐ Stylist in Gefahr
- ☐ Verliebte Weihnachten
- ☐ Achtung, Spionage![e]
- ☐ Im Bann des Flamenco
- ☐ Geheimnis der alten Villa
- ☐ Nixensommer
- ☐ Skandal im Café Lomo!
- ☒ Tatort Geisterhaus
- ☒ Filmstar in Gefahr
- ☐ Unter Verdacht
- ☐ Die Maske der Königin
- ☐ Skandal auf dem Laufsteg
- ☒ Freundinnen in Gefahr
- ☐ Krimi-Dinner
- ☐ Das rote Phantom
- ☐ Hochzeitsfieber!
- ☐ Klappe und Action!
- ☒ Wildpferd in Gefahr
- ☒ Geheimnis im Düstermoor
- ☒ Tatort Kreuzfahrt
- ☐ Gorilla in Not
- ☒ Das geheime Parfüm
- ☐ Liebes-Chaos!
- ☐ Der Fall Dornröschen
- ☐ Spuk am Himmel
- ☐ Flammen in der Nacht
- ☐ Der Graffiti-Code
- ☐ Heuler in Not
- ☐ Tanz der Herzen
- ☐ Tatort Geisterbahn
- ☐ Gefahr im Netz
- ☐ Nacht der Wölfe
- ☐ Gefährliches Spiel
- ☐ Gefahr in den Ruinen
- ☐ Kuss der Meerjungfrau
- ☐ Legende der Einhörner
- ☒ Rätsel der Vergangenheit
- ☐ Tatort Hollywood
- ☐ #Falscher Ruhm
- ☐ Achtung, Gaunerzeichen!
- ☐ Das Bienengeheimnis
- ☐ Vier Pfoten in Gefahr
- ☒ Ein echt schöner Fall
- ☐ Geheimnis im Spukhotel

kosmos.de Alle Bücher auch als E-Book erhältlich [e] nur als E-Book erhältlich